启秀文库

孙宜学◎主编

官场现形记

[清] 李伯元◎著　谭凌霞◎编

朝華出版社
BLOSSOM PRESS

图书在版编目（CIP）数据

官场现形记 /（清）李伯元著；谭凌霞编 . -- 北京：朝华出版社，2025. 3. --（启秀文库 / 孙宜学主编）.
ISBN 978-7-5054-5583-2

Ⅰ. I242.4

中国国家版本馆 CIP 数据核字第 20259XN305 号

官场现形记

[清] 李伯元　著

谭凌霞　编

选题策划　黄明陆
责任编辑　赵　星
责任印制　陆竞赢　訾　坤

出版发行　朝华出版社
社　　址　北京市西城区百万庄大街 24 号　　邮政编码　100037
订购电话　（010）68995509
联系版权　zhbq@cicg.org.cn
网　　址　http://zhcb.cicg.org.cn
印　　刷　三河市龙大印装有限公司
经　　销　全国新华书店
开　　本　920mm × 1260mm　1/16　　字　　数　140 千
印　　张　11
版　　次　2025 年 3 月第 1 版　　2025 年 3 月第 1 次印刷
装　　别　精
书　　号　ISBN 978-7-5054-5583-2
定　　价　45.00 元

“启秀文库”编委会

总序

中国传统文化经典作品是中国智慧的结晶和集中体现，源于中国人的生存智慧、生命智慧，是一代代中国人对天地万物、时序经纬的心灵感悟和提炼总结，已成为人类精神文明的宝贵财富。至今，这些作品仍能释日常生活之惑、解亘古变化之谜，为世界的未来提供中国范式。

中国和世界需要既包蕴中国传统文化精髓，又能真实反映新时代中国文化新发展、新概念的中国传统文化经典著作，这样的著作应具备以下特点：

1. 兼具知识的广度与理论的深度。能撷取中华优秀传统文化的精华，体现中国人的思维方式和中国文化特质，同时具有内在的理论逻辑，集知识性、系统性、科学性于一体。

2. 兼具学术的高度和历史的维度。能讲清楚“何谓‘文’”“何谓‘化’”和“何谓‘文化’”，并立足于中国和世界文化发展史，以中国传统文化典籍为历史线索，阐释、勾连出中国文化发展历史的昨天、今天和明天。引导读者从中国文化内涵的特殊性和普适性元素中了解中国文化如何不断推陈出新，中国智慧如何不断博观约取、吐故纳新。

3. 兼具精准的角度和客观的态度。能基于读者的客观诉求、阅读习惯和审美习惯，充分发掘和利用中国的地域、经济和文化特点，全面深入研究中国文化资源，保证经典著作能“贴近不同区域、不同国家、不同群体受众”，更直接有效地“推进中国故事和中国声音的全球化表达、区域化表达、分众化表达”。

4. 兼具多元的维度与开放的幅度。能基于世界阅读中国的目标，从中外文化互鉴视角，成为世界文化多维度交流互鉴的载体和可持续阐释的源文本。

我们选编这套“启秀文库”，即因此，并为此。中国人阅读这些作品，可以学会更好地生活；外国人阅读这些作品，可以了解和理解中国人的美好生活是一种什么样的历史形态。中外读者共同汲取其中的智慧，可以知道如何建设一个和谐美丽的世界，以及未来的世界会如何美好。

伟大的经典作品，都是为了将日常的生活变得更加美好。在建设“人类命运共同体”的今天，中国文化的精神滋养不应只培育中华民族子孙的天下情怀，还应引导世界人民学会欣赏中国之美、中国之魂、中国之根，在促使世界更深刻理解中国的历史和当代的同时，实现不同民族文化的和谐相处、共生共进。

在中华民族开启向第二个百年奋斗目标进军的新征程之际，中国文化发展也必将进入一个新阶段。这套丛书的时代价值，在于其将“中华文化感召力、中国形象亲和力、中国话语说服力、国际舆论引导力”融入编写、注释和诠释的全过程，从而使传统文化经典作品更能适应新时代，更有能力承载与传播中华文化精髓，向世界讲好中国故事。

孙宜学

2024 年 7 月

于同济大学

前言

清朝末年，封建专制体制的种种弊端显露无遗，官场腐败、阶级矛盾尖锐，加之外国列强的入侵，清王朝的统治岌岌可危。在此内忧外患之际，受西学东渐思潮的影响，文学界掀起了一股革新浪潮，涌现出一大批兼具艺术魅力与现实意义的小说。这些小说揭露和抨击了官场的腐败风气，反映了社会现实的种种弊端，不仅展现了前所未有的广度，更以犀利辛辣的笔触深入剖析，鞭辟入里，引起了社会的强烈反响。

其中，李伯元的《官场现形记》以其独特的视角和深刻的批判，成为这一时期的代表作。它不仅是中国小说史上首部以连载形式出版且取得轰动效应的长篇章回体小说，更开创了近代小说批判现实的新风气。鲁迅在《中国小说史略》中将其列为“四大谴责小说”之首；胡适则赞其为一部社会史料，“它所写的是中国旧社会里最重要的一种制度与势力——官。它所写的是这种制度最腐败、最堕落的时期——捐官最盛行的时期”。香港《亚洲周刊》评选“二十世纪中文小说一百强”，《官场现形记》亦名列前茅，足见其影响之深远。

全书共六十回，结构上与《儒林外史》有异曲同工之妙，讲述一人后即转入下一人，如此蝉联而下。但是，小说并不是漫不经心地随意连缀、杂凑，而是借助时空的转移，围绕揭露官场丑行这一主题，把大量散乱的故事编织成有序的艺术整体，自然融浑，不着痕迹。

小说从中举捐官的下层士子赵温和佐杂小官钱典史写起，串联起清政府形形色色的官僚，上至军机大臣、总督巡抚、提督道台，下到知县典吏、管带佐杂。他们或龌龊卑鄙，或昏聩糊涂，或逢迎钻营，或腐败堕落，构成了一幅清末官僚的百丑图。小说运用夸张讽刺的手法，把人物刻画得活灵活现，入木三分，每一个角色都成了那个时代的缩影。

作者用如椽之笔，将吃喝嫖赌、卖官鬻爵、贪赃枉法、压榨百姓等官场丑行在书中一一呈现，笔锋犀利辛辣，鞭辟入里。这不仅是一部让普通百姓了解封建官场的教科书，更是一部让官员们警醒的启示录。

《官场现形记》一经发表，立刻大受欢迎。"每一纸出，读者拍案叫绝。"但它同时也引发官场震动，朝廷震怒，因为书中的人物故事多以真人真事为蓝本，揭露的真相更是触目惊心。据说慈禧太后读完此书后曾要求"按名调查"，而摄政王更是气得扬言抓到李伯元就格杀勿论！

作者李伯元（1867—1906），名宝嘉，字伯元，江苏武进人。他出生于官宦之家，二十岁考取秀才，以后就屡试不中了。1896年，李伯元携家眷来到上海，一面办报，一面从事小说创作。他先办《游戏报》，专门发表一些嬉笑怒骂的文章，后又办《世界繁华报》，刊载诗词、小说，《官场现形记》最初就在此报上连载。1906年，李伯元因患肺病英年早逝。他一生著作丰富，除代表作《官场现形记》外，还著有《文明小史》《李莲英》等多部作品。

《官场现形记》原文以半文言文撰写，其中涉及大量清代的官制和官场术语，给阅读带来了一定障碍。为了方便读者，此版本采用简洁通顺的白话文进行改编，并在注解中补充了大量与清朝官制相关的背景知识。读者在享受故事的同时，也能了解到清朝官场的相关知识。

目录

第一回　望成名学究训顽儿　讲制艺乡绅勖后进

在陕西同州府朝邑县[①]城南大约三十里的地方，有一个不大不小的村庄。村里住着赵、方两姓的人家，大约有二三十户，世代以耕作为生。赵家到了赵老爷子这一辈，开始重视教育，聘请先生教授后辈读书。没想到，赵老爷子的孙子赵温竟然考中了秀才。在村民眼里，秀才可是了不起的人物，大家都对他毕恭毕敬。

为了不被赵家比下去，方姓家族中几个家境不错的人合伙办了学堂，又从城里请来了一位先生。先生叫作王仁，曾经中过举人，因年岁已高不再追求仕途，便专心在乡下教书。几年下来，他也培养出几个不错的学生。其中有一个天分好的孩子，是方必开家的三儿子，已经开始尝试撰写科考应试文章。方家长辈非常高兴，决定第二年继续聘请先生。而方必开见儿子表现这么好，更是打定主意从明年起，每年多给先生四贯铜钱作为报酬。

又到科举考试的“大比之年”[②]，赵温前去赶考。考试结束后，赵家人每天都在焦急地等待放榜。终于，在重阳节过后的一个早晨，赵温考中举人的消息传来了。方必开听到这一喜讯，立刻赶到赵家门前，只见那里有一群人正在忙着贴喜报。虽然方必开文化程度不高，但自从儿子开始读书后，他也学会了不少字。他认

① 朝邑县：今陕西省渭南市大荔县朝邑镇。

② 大比之年：在明清时期，每隔三年会举行一次乡试，这种定期的考核被称为“大比”，而举行乡试的这一年就被称为“大比之年”。

真阅读喜报，得知赵家孙子中了第四十一名举人，心中无比羡慕。这时，赵老爷子看到方必开，亲切地叫他“亲家”。原来，自从赵温中秀才后，方必开便有意与赵家结好，托媒把自己的一个女儿许配给了赵温的兄弟。方必开看见赵老爷子，当街就跪下磕了三个头。赵老爷子赶紧将其扶起来。两人聊了半天，方必开才道别离开。

方必开回到家后，心绪难平，他在书房廊前来回踱步，嘴里反复念叨着喜报上的话。家里其他人都感到莫名其妙，只有先生王仁猜中了他的心思。王仁让方必开的三儿子，也就是前面提到的那个天分不错的孩子，将父亲扶进书房。一进书房，方必开便跪在地上，朝着先生磕了二十四个响头。王仁忙把方必开扶起来，然后对老三说，他的父亲如此是因为羡慕赵家孙子考中举人，希望自家儿子将来也能有所成就。

老三好奇地问：“考中举人有什么好处？”王仁告诉他：“考中举人之后，可以继续考进士，然后成为翰林，就能做官，做了官就有钱赚，有很多好处。”老三虽然年幼，但听到“做了官就有钱赚”的话，也颇为动心。过了一会儿，他又问：“既然先生也是举人，为什么不去考进士做官？”王仁一时语塞，愤怒地拿起戒尺就要开打。老三又哭又跳，场面非常混乱。最后还是方必开的弟弟出面，打了老三几下，又向先生赔礼道歉，才平息了这场风波。

与此同时，赵老爷子一直忙着准备祭祖和孙子的庆宴。他赶制了一块门匾，想请一位翰林老先生题写“孝廉第”[①] 三个字。思来想去，赵老爷子决定备上厚礼，请求城里的王乡绅帮忙为匾题字。另外，他又麻烦方家老师王仁，帮忙写信邀请王乡绅赏光参

---

① 孝廉第：孝廉是明清两代对举人的称呼；第指住宅、宅第。

加庆宴。王乡绅是两榜进士，曾任监察御史，年老告病回家后，在县书院执教。王乡绅和王仁说起来算是本家，两人以叔侄相称。接到信后，王乡绅欣然答应了。

庆宴当天，赵老爷子一大早就带着一家人去祠堂祭祖。赵温作为新中举人，虽是晚辈，却走在最前面，其后跟着他的爷爷、爸爸、叔叔和兄弟。祭拜结束后，他们回到屋里迎接客人。太阳快下山时，王乡绅终于到了。赵家人赶紧打躬作揖，殷勤地将王乡绅迎进屋里，让他坐在上座。庆宴开始了，由于赵老爷子不太懂这些礼节，便让王仁帮忙主持。酒过三巡，菜上五道，王乡绅和王仁聊起了今年的科举考试，两人聊得很投机，不知不觉就多喝了几杯。王乡绅喝得有些醉意，开始高谈科举考试的意义，以及他们的责任。赵温听了非常敬佩。赵老爷子和方必开听不懂他们的话，只能默默地倒酒、让菜。

方必开想起赵老爷子曾建议他借此机会让王乡绅考考他的三儿子，于是去找老三。找了半天，发现老三正在厨房里啃骨头，不肯离开。方必开非常生气，却也无可奈何。王乡绅吃完饭后，起身告辞。赵老爷子又请王仁帮忙提请求，希望王乡绅能推荐一个管家，明年陪孙子去京城参加考试。王乡绅答应了。一家人恭送王乡绅离去。

第一回的故事到这里就结束了，想知道后面发生了什么，且等下回分解。

第二回 钱典史同行说官趣 赵孝廉下第受奴欺

省城学台派人来传话，让赵温赶紧去填写个人履历表。赵温不知道该怎么写，便向方家的教书先生王仁求教。王仁先生不吝赐教，细心指导。赵温的爷爷见状，与亲家方必开商议，希望王仁先生能陪同赵温一同前往省城，以便随时提供指导。

王乡绅也发来邀请，希望赵温在前往省城时来家中做客。赵温和王仁先生启程后，首先拜访了王乡绅。王家大门光亮如新，门上挂着一块红底金字的匾额，写着“进士第”三个大字。赵温见到王乡绅，立即跪下行礼。王乡绅亲切地询问赵温的家人近况，赵温因紧张过度，一时语塞，面红耳赤，过了好一会儿才勉强吐出一个“好”字。王乡绅见状，便不再多问，转而与王仁闲聊。王乡绅提到，他妻子的二哥钱伯芳曾在江南担任典史[①]，后因被告失去官职。钱伯芳做官时间不长，但任上赚了不少钱。王乡绅感慨，无论官职大小，只要能赚到钱就算没白做。王乡绅接着说，钱伯芳计划前往京城，寻求再次担任典史的机会，提议与赵温同行，以便路上相互照应。王仁见赵温只是呆坐一边，忙帮着应允下来。

赵温虽然考中举人，但并不擅长应酬，一想到要见学台[②]大人，他就吓得坐立不安。王仁耐心指点他该如何磕头、回话，以

① 典史：县令的佐杂官，属于清朝未入流的文职官员。

② 学台：即学政，是清朝掌管一省文化教育和科举考试的最高长官。

及如何准备给学台大人的见面礼。没想到，学台大人并未接见他们，这让赵温松了一口气。按照要求填写好个人履历后，两人便收拾行装返乡。

新年过后，赵家便开始忙碌，准备赵温上京参加会试[①]的事宜。王乡绅为赵温推荐了一位管家，名叫贺根，是一位经验丰富的老仆人，对北方的情况也颇为熟悉。贺根来见赵温时，着装正式，举止得体。赵家老爷子提醒赵温，贺根是王乡绅推荐的人，一定要善待。赵温带着贺根与钱典史一同出发，钱典史得知贺根是妹夫王乡绅推荐的，便摆出主人的架势，一路上不停指使贺根做事。赵温不太在意，贺根却极度不满，少不得在背地里咒骂。有一次，钱典史训斥贺根偷奸耍滑，贺根也不客气地回嘴。赵温在一旁手足无措，最终还是店家出面劝解，才平息了这场争执。事后，钱典史严肃地告诫赵温，作为主人应当有威严，若连管家都无法管束，将来如何治理百姓！赵温性格温和，没有反驳，只是默默地听着。

抵达京城后，钱典史忙于应酬，而赵温则结识了几位同年考中的朋友。会试前最重要的事情是拜访老师。赵温在朋友的建议下，写好了拜帖，并准备了二两银子作为见面礼。赵温一大早来到老师吴赞善家，手持拜帖，面带微笑地说明了来意。管家接过拜帖和见面礼后，匆匆进去通报。吴赞善早已打听过每位学生的背景，知道赵温家境富裕，本以为见面礼至少会有二三百两银子。当得知赵温只给了二两银子时，他立刻变了脸色，愤怒地说："退还给他，我不等他这二两银子买米下锅！叫他不要来见我！"仆人告知赵温说主人今天不见客，然后把拜帖往桌上一

① 会试：科举考试方式之一，为较乡试高一级的考试。因为士子会集京师参加考试，所以名为"会试"。

扔，二两银子却自己私吞了。第二天，赵温再次前往拜访，但仆人连通报都没有，就直接请他离开。钱典史得知后，感到有些不妙，原本还想通过赵温和吴赞善拉上关系，现在看来是无望了。

会试开始了，连续九天的三场考试让赵温筋疲力尽，出考场后，他足足睡了两天两夜才恢复过来。考试结束后，门生们宴请主考官。钱典史跟着混进去观察情况，他注意到吴赞善全程都没有理会赵温，不由得非常失望，私下里抱怨赵温不懂得巴结老师。

放榜那一天，天还没亮，赵温就叫贺根去等消息。贺根则想晚些再去，主仆因此发生了争执。后面钱典史帮赵温说话，贺根才骂骂咧咧地出去了。赵温焦急地等待着，不断听到其他人考中的喜讯，但贺根却迟迟未归。到了晚上，贺根回来报告说没有看到赵温考中的消息，赵温愤怒地指责贺根“没良心”。贺根气愤之下，找到卖烧饼的小贩，让他假装报喜的人来骗钱。小贩真的来报喜，赵温信以为真，高兴地打赏了十两银子。第二天，赵温发现没有其他人来道喜，题名录上也没有自己的名字，这才意识到自己被骗了，气得一天都没有吃饭。接下来会发生什么呢？且等下回分解。

第三回 苦钻差黑夜谒黄堂 悲镌级蓝呢糊绿轿

赵温在京城会试中落榜，正当他收拾行装准备回乡时，意外收到了一封家书和两千多两银票。赵老爷子在信中写道：“若你能考中自然最好，若未能如愿，便用这些银子在京城买个官职。如此一来，你在京为官，家中便无人敢轻视我们。”信中还透露，这是王乡绅的建议。

赵温找到钱典史，希望他能帮忙打听捐官的事宜。钱典史原本不甚看好赵温，但得知他有银子可以捐官，立刻变得热情起来。钱典史以疏通关系为名，频繁出入戏院酒楼，后来又找来一个自称是其结拜兄弟的人，声称此人与官场中人关系密切，捐官之事找他定能办得妥妥帖帖。赵温信以为真，将二千两银子交给了这个人。不久，这个人告诉赵温，银子已经花光，自己还代为垫付了五百两。赵温无奈之下，只得写下欠条，又急忙写信回家要钱。经过一个多月的忙碌，事情终于办妥，赵温摇身一变，成了赵中书[①]。

与此同时，钱典史在京城混迹数月，通过银子打点，终于官复原职，成为江西上饶县的典史。听说上饶是个富饶之地，钱典史心中暗自窃喜。但后来得知，之前参他的知府，现在正是江西的藩台[②]。钱典史心中郁闷，只得去找之前提到的结拜兄弟商议。此人姓胡名理，绰号狐狸精，为人精明，人脉广泛。胡理听后，说自己的邻居徐都老爷与这位藩台是同乡，还颇有交情，若徐都老爷愿意写信为钱典史说好话，定能解决问题，只是需要花费百两银子。钱典史感激不尽，却不知徐都老爷与藩台并无深交，而胡理也只给了徐都老爷二十五两银子来写信。钱典史拿到信后，便与赵温作别，连夜收拾行李前往上饶赴任。

经过一个月的跋涉，钱典史终于抵达江西，却发现藩司大人

---

① 中书：清朝文官官职名，位阶从七品，为基层官员编制之一。

② 藩台：又称藩司，正式称呼为布政使，是清朝从二品官职，负责朝廷政令文件的接受和下达、本省的财赋管理以及官员的提调考试及选拔，相当于现今的副省长，兼管省人事、财政。

又是护院[1]。钱典史一时间不敢呈上徐都老爷的书信，等到正式拜访时，他与其他官员一起向护院大人磕头行礼。钱典史心中忐忑，担心护院提及往事。但护院只是摆了摆手便离开了，他这才松了一口气。

然而，钱典史谋求的职位目前有人代理，上司似乎并无让他接替的意思。为了能早日上任，钱典史开始四处走动，巴结在上司面前说得上话的人。后来有人告诉他，支应局[2]兼营务处[3]的候补府黄大人如今虽然还是知府[4]，但却是护院身边的红人，答应的事情定能办妥。钱典史决定走黄知府的路子。他先是结识了黄大人手下的门人戴升，送礼、喝酒、拜把子，两人关系如同亲兄弟。钱典史向戴升表达了求黄大人提拔的愿望，戴升答应帮忙。恰逢此时，支应局一个收支差使的官员因亏空了几百两银子被撤职，戴升趁机举荐钱典史，说此人能力出众，忠心耿耿，定能胜任。黄知府召见钱典史后，将这个空缺给了他。

不久，黄知府收到升迁文书，被正式任命为道台[5]。戴升领着

---

① 护院：清朝巡抚离职，由藩台或臬台（按察使）暂时代理，称为护院。巡抚：清朝地方军政大员，又称抚台，巡视各地的军政、民政大臣，主管一省军政、民政，品级是从二品，相当于现今的省长或省委书记。

② 支应局：清代后期，各省总督、巡抚可以就地筹款，应付特殊用途，这个筹款部门就是支应局，为非正式的财政机构。总督，明清时统辖一省或数省行政、经济及军事的长官。

③ 营务处：清末督、抚往往也要统兵，因此设营务处，以道、府文官担任总办、会办等，负责军营中行政。

④ 知府：从四品官职，清朝地方上负责一府的最高行政长官，又称“太守”“府尹”，属于朝廷外放官阶，处理地方事务，相当于我国现在的市委书记。

⑤ 道台：根据清代的官阶制度，道台，也称为道员，是介于省（巡抚、总督）与府（知府）之间的地方长官。

众人给黄知府磕头贺喜，并立刻将家中的蓝轿子[1]换成了绿呢轿子。各级官员得知消息后，纷纷前来贺喜。

恰逢黄道台太太的生日将至，戴升为了讨好主人，便提议府中众人集资举办酒席，并邀请戏班子来助兴，让府上的气氛更加热闹。然而，正当黄道台春风得意之际，却收到两江督幕里一个亲戚发来的电报，告知他被牵连进一桩军装案，提醒他早日想办法脱身。黄道台惊慌失措，好在护院派人来安慰他，承诺会为他想办法周旋。黄道台感激涕零，表示晚上将亲自去向护院道谢。黄道台的太太得知此事后，先是立刻取消了生日酒宴，将戏班子打发走，然后让人用蓝呢帐子蒙在轿子外面。但家中仆人不知如何操作，打算让黄道台今晚依然乘坐绿呢轿子，明日再请轿子店的人来处理。黄大人是否仍乘坐绿呢轿子前往护院处呢？且等下回分解。

第四回 白简留情补祝寿 黄金有价快升官

黄道台吃完晚饭，又过足了烟瘾，这才换上正装，摆起绿呢大轿的阵仗，去拜访护院。他一踏进护院的房间，便立即跪下，

① 蓝轿子：清朝不同品级和地位的官员，所乘坐轿子的颜色是不一样的。皇帝的轿子使用明黄色，这是最高等级的颜色，仅皇帝可以使用。三品及以上官员乘坐的轿子使用绿色，四品及以下官员则乘坐蓝色轿子。其他如士农工商等平民阶层，一律不准乘坐轿子。此外，清朝官员轿子的规格和抬轿人数也有严格规定。例如，京城中的三品及以上官员可以乘坐四人抬的轿子，而四品及以下的官员则只能乘坐二人抬的轿子。

恭敬地磕头请安。接着，他贴近护院的耳边，将事情的来龙去脉详细地叙述了一遍。护院听后眉头紧锁，但仍旧承诺会尽力斡旋，一旦有好消息就会立刻派人通知。黄道台再三道谢，然后才上轿返回府邸。

黄道台在公馆里焦急地等待了三天，却始终未见有人来传递消息，这让他坐立不安。同时，他也深刻体会到了世态的炎凉。就在几天前，当他刚刚升迁时，家中每日都是车水马龙，门庭若市。可如今，即便是他新提拔的支应局收支委员钱典史，也消失得无影无踪。戴升私下里发牢骚："等着瞧吧！我早就准备好了行李，随时可以走人。想想那些当官的，前两天升官时一个样，今天被弹劾又是一个样。不像我们这些当差的，这家辞了还能去那家，饭照吃。当官的只有一个主子，没法躲。"

到了第四天，黄道台几乎已经心灰意冷，却在天黑后意外收到了护院召见的消息。他急忙换上正装，乘坐轿子匆匆前往。护院一见到他，便说道："那天吾兄离去后，兄弟即刻发了一封电报给江宁藩台，请求他为吾兄想个办法。刚才接到他的回电，说此事上面的怒气已经平息，让郭道台去调查，应该没有太大问题了。"黄道台看完电报后，自然是感激涕零。

也不知消息怎么传出去的，大小官员们又纷纷前来请安。黄道台接见了其中几位，其余的则以身体不适为由婉拒了。钱典史与戴升商议，打算请戏班子来唱戏，为黄道台的太太补庆生日。戴升觉得这个主意不错，立刻前往上房，却只字未提钱典史，只说是自己的主意。黄道台同意了。戴升出来后通知了钱典史和其他官员，大家立刻凑钱请了戏班。转眼间，补庆生日的日子到了，黄道台为此特意请了三天假，陪伴太太、姨太、小姐和少爷们一同欣赏戏曲。这一天，送礼的人络绎不绝，各级官员、候补官员得知黄道台与护院关系密切，都借此机会送上礼物。戴升负责登记，每一份礼物、每一个红包金额都记得清清楚楚。

三天后，黄道台上院[①]销假，又陆续回访了那些在寿辰时来访的同僚，还暗中托人向郭道台送上了一万两银子。郭道台帮助摆平了事情，在向上禀告时只说“事出有因，查无实据”。黄道台的工作依旧。由于得到了护院的重视，他担任了许多重要职务，一时间风光无限，全省无人能及。

此时，新任巡抚已经南下上任，不久即将到任。其他人还好，独有盐法道署的藩台大人有了想法。他自从上任以来，因担心旁人说闲话，不敢公然卖官。现在听说新抚台不久就要接任，他这个职位也做不了多久，便萌生了疯狂敛财的念头。他四处兜售官职，中等差使起价一千两，好的职位则高达两万两，甚至接受上任后的期票作为交换。

自从何藩台制定了明确的买卖“价格表”，“生意”便异常红火。其中一位知县看中了一个职位，愿意出八千两银子。双方成交在即，正要公布时，藩台突然接到护院召见。原来，护院想为亲信胡巡捕谋个好差使，而他看中的恰是正准备八千两银子卖出去的那个职位。藩台左右为难，考虑再三，决定另给胡巡捕一个职位，敷衍过去。

藩台回到衙门，正处理事务时，他的弟弟“三荷包”进来，说九江府出缺，有人愿出二千两银子短期代理知府。何藩台则认为至少要给五千两银子。

三荷包明白其意，找到中间人倪二，将藩台的意思转达。倪二提议说藩台就要离任，应该抓紧时间多卖官，如果价格太高反

① 上院：清代各地督抚衙署大多被称为“院”，司、道、府、县等官员入署谒见、办事叫作“上院”。

而容易将事情弄僵。倪二继续承诺说这笔买卖自己不收好处费，但会给三荷包更多好处。三荷包于是答应再去找哥哥斡旋。至于事情最终结果如何，且等下回分解。

第五回 藩司卖缺兄弟失和 县令贪赃主仆同恶

三荷包一回到家，何藩台便急着询问他事情的进展。三荷包长叹一声，神情沮丧地回答："别提了，这件事情搞砸了！大哥，你还是另请高明吧。"何藩台愣了好一会儿，才问："究竟是谁在背后搞鬼？我出价，他可以还价；他要是还价了，我不答应，他再走也是合情合理的。哪能他说二千就是二千？这还不如直接让他来做藩台算了。你们兄弟几个，都是我这个做大哥一手帮着操持婚事、安排官职。老三，怎么让你去谈就不成了呢？"

三荷包原本打算采用欲擒故纵的策略，先说事情没成，好让大哥主动提出还价。他听到大哥说可以还价，心中暗自窃喜，可随后听到大哥的抱怨，以为被看出隐情，一时火冒三丈，说道："大哥，你要是这么说，咱们兄弟间的账干脆一起算算清楚。"何藩台冷笑道："你们三兄弟哪个不是我一手拉扯大的？你还想跟我算账？"三荷包则反驳道，父亲去世时家中剩下十几万银子，基本上都被大哥用来买官升职了，而且这些年他们几兄弟帮着大哥做事，从未想过要什么好处。

何藩台气得浑身发抖。他本来躺在床上抽大烟，听到这话一下站起来，扔了烟枪，哐当一声，打破了茶碗。三荷包以为大哥要动手，也摆出一副要拼命的架势冲向大哥。两兄弟纠缠打在一起。仆人忙进来劝解，一个小跟班跑去通知太太。太太一听，立刻跑到前厅，豁出去想拉开他们。何藩台一看太太这样，连忙松手。三荷包没想到大哥会放手，还用力往前冲，结果一头撞上大嫂。大嫂已有三个月身孕，被小叔子这么一撞，“咚”的一声摔倒在地。三荷包见情况不好，立马溜走了。何藩台赶紧派人到官医局请张聋子张大夫来看看。张聋子认真诊了许久，安慰说夫人只是稍微动了胎气，并不严重。不久，夫人的肚子就不疼了，何藩台这才放心。

三荷包一直不肯道歉，这让何藩台火冒三丈。舅太爷和叔太爷主动去找三荷包，劝他给大哥赔个不是。三荷包想了想，觉得事情总要解决，否则自己的好处费也没有了，于是说：“他要是同意只收二千，我就与他和解。要是他还摆架子，就让他把属于我的那份家产算清楚给我，我立刻走人。”大舅太爷当即做主说就收二千，然后拉着三荷包去见何藩台。三荷包板着脸，硬着头皮，勉强叫了声“大哥”。何藩台正想当众训斥弟弟，挽回面子，突然仆人通报新任玉山县王梦梅王大人前来辞行。何藩台想到此人正是三荷包经手的大客户，对弟弟的态度立刻缓和下来。

这位王梦梅上半年在厘局[①]任职，因索取钱财太过狠心，引起民愤，被上级撤职。后来他结识了三荷包，说愿意出洋钱一万块买玉山县丞这个肥缺，另外再给三荷包两千银票的好处费。何藩台以王梦梅是停职人员为由又额外加了两千。为了这次买官，王梦梅倾尽所有，仅凑得四五千，其余则向钱庄朋友借了三千，又找到两位投资者，每人出资三千，约定上任后分别为账

① 厘局：管理、征收厘金的机关。厘金是清政府在国内水陆要道设立关卡，对货物征收的一种捐税。

房和稿案[1]。

王梦梅和上级、同事辞别，匆匆启程前往玉山。此时正值收税季节，王梦梅急于尽快接手工作，生怕晚了让前任多收了税粮。上任后，其他都还好，唯独账房和稿案两人因为在王梦梅筹资买官时各出了三千，所以行事放肆，仿佛官府就是他们两个人的。王梦梅的侄子也在衙门帮忙，眼看情况不对，便劝叔父不如把这两人的钱还了，让他们走，以免影响名声。王梦梅内心则另有打算。他表面上事事退让，实则放任那两人胡作非为，计划等有一天出了乱子，再加以严惩，不仅吞掉他们的钱，还能落下好名声。

此时，那稿案蒋福刚好来汇报工作。他手中有一桩案件，王梦梅已经作出了批示，但蒋福因收受了原告的贿赂，坚持要求王梦梅下令拘捕被告。王梦梅拒绝了他的要求，蒋福便怒气冲冲地离去。王梦梅并未与他计较，而是用朱笔写下了一份告示，警告所有人不得收受贿赂。

蒋福心知王梦梅想借清廉之名控制他们，便顺水推舟，说老爷除了禁止书差勒索，还即将出台豁除钱粮浮收的政策。消息很快传开，百姓都等着占便宜，导致连续三天都没有人交税粮。王梦梅很诧异，派人打听后得知是蒋福从中作梗，恨不得立刻将其杖责三千。几位师爷也建议他早点儿将蒋福打发走。

于是王梦梅叫侄子通知蒋福马上收拾东西滚蛋，却丝毫不提还钱的事情。侄子找到蒋福，蒋福不仅要求归还三千洋钱，还要求按照比例分配这段时间王梦梅所受的贿赂。侄子左右为难，无奈之下去找婶婶求助。没想到，婶婶也是个吝啬之人，舍不得还钱。

侄子没了主意，心情沉重地回到账房。就在这时，蒋福掀开

① 稿案：清代地方官署中管理收发公文的小吏。

帘子走了进来。面对蒋福的询问，侄子将如何应对？蒋福是否会就此罢休？且等下回分解。

第六回 急张罗州官接巡抚 少训练副将降都司

蒋福进了账房，侄少爷委婉地说：“你放心，你的钱保证如数奉还，只是需要再等几天。”蒋福看他闪烁其词，冷笑两声，转身离去。

蒋福和广信府一个稿案既是同乡又是亲家，两人平日关系极好。这位稿案是府台①大人的心腹。蒋福从账房出来便直奔亲家处诉苦，说王梦梅不还钱，亲家当天便将此事告知府台大人。府台大人平日对王梦梅印象还不错，不想将此事闹大，便让刑名师爷②前去劝说王梦梅。王梦梅心中暗恼，也将蒋福的恶劣行为说了一遍。刑名师爷劝道：“你早点儿给钱打发他走，大家都清净。”王梦梅答应了。在府台大人的调解下，蒋福不敢多要，王梦梅也

① 府台：清朝时期的地方行政划分，共有“省、府、县”三级，府台便是“府”级别的最高行政长官知府的尊称，品秩为从四品，相当于现在地级市的市委书记兼市长。

② 师爷：明清地方官署中无官职的佐助人员。清代是师爷这一行业发展的黄金时期。地方官员上自总督、巡抚，下至知州、知县，一般都会聘请若干位师爷辅助自己处理政务。师爷分工很细。比如：刑名师爷负责打官司，钱谷师爷负责办理钱粮赋税事务，书房师爷负责起草公文和书写信函，挂号师爷专门管理公文，征收师爷负责催征钱粮和地丁，奏折师爷负责起草给皇上的奏折，阅卷师爷负责校阅试卷。

保住了颜面。

另一方面，三荷包与哥哥和解后，从这笔买卖中赚了几百两。他这些年拿的好处费加在一起，至少有万两银子。他花钱给自己谋了一个山东莒州知州[①]的职位，又花二千两银子拜了一位军机大臣[②]为师。军机大臣派人送来一封信，让三荷包交给山东抚院。三荷包前往济南拜见抚台，并呈上军机大臣的信件。抚台告诉他莒州条件不好，正好现在胶州也有一个空缺，可以安排他代理。三荷包感谢不已，同时表示自己学识浅薄，胶州有洋人，事务复杂，希望抚台能多加指导。抚台说自己即将出省巡视，届时会去胶州，到时两人再详谈。三荷包忙不迭答应了。很快，三荷包上任，抚台大人也启程了。

到了胶州，三荷包忙着做交接，用了二十多天才安顿下来。抚台这时也将前来。三荷包初次为官，不知该怎么妥帖地接待上司，一时间心中慌乱，忙与幕僚们商量。幕僚丁自建曾与抚台大人有过师生之谊，深知抚台大人看似清廉，从不索要财物，但对他人的孝敬却从不拒绝，也会对孝敬之人另眼相看。他建议三荷包表面上表现得俭朴，暗中再表示诚意。另外，可以布置几个外国风格的房间，摆满各种花卉；吃的方面则直接请吃西餐，让巡抚换换口味。这样的布置，也方便接待外国访客。三荷包觉得这个建议不错，便委托师爷和账房去操办，自己也忙前忙后地调度。大家日夜不停，忙了五六天，终于把一切安排妥当。

此时，胶州军营里的王协台[③]也不得闲。王协台是武榜眼出

---

① 知州：为州一级的地方行政长官。

② 军机大臣：俗称“大军机”，又称“枢臣”，是军机处的长官，雍正年间初设。军机大臣均为兼职，每日协助皇帝处理折奏，商议政事。

③ 协台：清朝绿营军官副将的别称。

身，擅长弓箭。武营里平时兵丁训练不勤，还常常克扣粮饷。为了应付检查，他们提前招了些地方无业游民来充数。大小将官带着兵丁们在校场上天天操练。王协台也忙着训练，生怕因技艺生疏误了前程。

这几天，文官们忙着办差，武官们忙着操演。大家饭顾不上吃，觉也睡不安稳，终于等来了抚台大人。抚台大人坐在一顶八人抬的绿呢轿子里，被人前呼后拥。大小官员齐聚在府前，抚院对大家点了点头，随后与三荷包和王协台一同进入府内，咨询地方上的公事。

第二天一早，抚院和官员们前往校场阅兵。王协台领头，一众士兵和将领全副武装，跪地迎接。抚院看到王协台满脸烟气，回答营中事务情况时又多是前言不搭后语，心里不悦。轮到将校步箭的环节，按惯例王协台本可免射，但因抚院对其不满，便没有开口。王协台一时火起，故意五射不中。抚院见状大怒，立即命人摘去王协台的顶戴。王协台后悔莫及，跪地不起。抚院没有理会他，阅兵结束后便起身返回。

王协台哭得两眼红肿，去找负责军营行政的营务处洪大人求情。洪大人要求六千银子，保证他的功名不受损。王协台四处筹钱，也只凑到二千银子，洪大人没有收。抚院本想上奏革去王协台的职位，洪大人却假装好人，替他求情，结果王协台被降为都司[①]。一般被革职的官员，一旦有人担保便可恢复原官；而被降职的官员则必须逐级保升。洪大人实际上是在使坏。抚院此后还有什么举动？且等下回分解。

① 都司：清朝正四品绿营武官。

第七回 宴洋官中丞娴礼节 办机器司马比匪人

却说那山东东半省的地方逐渐被外国势力控制，外交上的交涉越来越频繁。抚院大人来到这儿，外国总督还特别派了军队来迎接，给足了面子。阅兵之后，抚院大人就吩咐手下邀请外国总督前来做客。

抚院大人将接待任务交给三荷包负责。三荷包平时办事利索，但请外国人吃饭还是头一回。他不清楚西餐礼仪，便同丁师爷商量。丁师爷人脉广，找到了一位在外国官员面前担任翻译的朋友，详细了解了西餐的规矩和礼仪。三荷包听后十分高兴，连夜邀请这位翻译前来，不仅让他拟定一份菜单，还一起商讨了座位的安排。第二天清晨，三荷包早早起床，亲自监督餐桌的布置和餐具的摆放，还特意用红纸书写了座位标签。这场宴会定在中午十二点举行，邀请了三位外国官员、四位外国商人，以及两位随行的翻译。中方的出席人员包括抚院大人、营务处的洪大人、三荷包，以及抚院大人手下精通洋务的随员梁世昌和翻译林履祥。

时间刚过十一点，抚院大人和随员们便已穿戴整齐，准备迎接即将到来的客人。不久，外国宾客陆续到达，抚院大人亲自上前迎接，与他们握手寒暄。整个宴会气氛和谐，宾主双方都十分愉快。后面，外国官员和商人也回请抚院大人参加他们的宴会。经过几天的交流，抚院大人与几位外国官员成为朋友。他向他们虚心请教国家富强之道，外国朋友都建议抚院大人好好发展商业。

抚院大人回到省城后，一些精明的候补官员纷纷提交了有关商务的提案，抚院大人都亲自审阅。其中，一位名叫陶子尧的候补通判[①]，是洋务局[②]总管的舅爷，擅长文墨，在洋务局担任文案委员。陶子尧从姐夫那里得知抚院大人对商务提案非常重视，且已有几位候补官员因此得到提拔，便心生一计。他找到了一篇题为《整顿商务策》的文章，稍作修改后，提交给了抚院大人。

抚院大人对这份提案非常满意，注意到提案上署名的是洋务局文案委员，便召见了洋务局总管进行咨询。总管得知是自己的小舅子提交的提案，一开始心中有些紧张，但听到抚院的赞扬后，便放心了，并为陶子尧说了几句好话。抚院随即召见陶子尧，讨论了提案中提到的几种机器，如榨油机和造纸机，并提议每种都从外国购买一台回来试用。陶子尧连忙回答说："购买机器要去上海的瑞记洋行或信义洋行。我有朋友是那些洋行的买办，只要托他们与外国人签订好合同，然后到外国去采购，不用三五个月就可以运回来。"抚院很满意，便让善后局[③]拨出二万银子，委派陶子尧前往上海采购机器。

陶子尧带着管家张升抵达了上海。刚到上海，他就收到了船上结识的账房刘瞻光的请帖。官场中的社交活动是不可避免的，

---

① 通判：也称为"分府"，辅助知府处理政务，分掌粮盐都捕，品级为正六品。

② 洋务局：是清代后期于直隶、广东、山东等与外国人有交涉的省设立的临时机构，办理本省对外交涉事务。

③ 善后局：清朝后期，在有战事的省设善后局，负责处理特殊的事务，督、抚可以不按常规支款办事。

陶子尧决定应邀参加。陶子尧牢记姐夫的叮嘱，不饮酒，不找陪酒女，以免上当。他注意到，这些人穿着时髦，纵情享乐，完全不似他这般古板。

在宴会上，刘瞻光特意将陶子尧介绍为山东抚院派来办理机器采购事宜的重要官员，并称赞了他在山东的声望和能力。席间，买办魏翩仞和仇五科都试图拉拢陶子尧。尽管陶子尧坚持不叫陪酒女，但在众人的盛情邀请下，他还是答应前往另一处继续饮酒。在前往的路上，魏翩仞向陶子尧详细介绍了上海的风俗和生意场上的规矩，特别强调了在上海办事，尤其是与洋行打交道时，吃花酒是不可避免的社交方式。

陶子尧初到上海，对魏翩仞的话半信半疑，但当他看到四马路的繁华景象时，内心也不禁为之一动，最终在不知不觉中跟随众人走进了一家名为“西荟芳”的茶店。魏翩仞究竟是怎样的人？陶子尧是否会在接下来的日子里破戒叫陪酒女？且等下回分解。

第八回 谈官派信口开河 亏公项走投无路

陶子尧跟着一群人走进了“西荟芳”这个地方。这里人来人往，车水马龙，轿子进进出出。陶子尧看到那些官员坐着轿子，前呼后拥，威风凛凛，心中不禁涌起一丝羡慕：“什么时候我也能这样风光？”他边走边想，不知不觉间来到一家店里。仇五科请大家写局票——就是叫妓女作陪。仇五科见陶子尧没有拒绝，便做主帮他选了。

仇五科坚持让陶子尧坐在上座，并亲自给他斟酒。酒过三巡，妓女们也陆续到来。仇五科为陶子尧挑选的，一位是风姿绰约的少妇，人称新嫂嫂，另一位则是年轻貌美的少女陆兰芬。她们得知陶子尧是有钱的主儿，便使出浑身解数百般讨好。散席后，她们依然缠着陶子尧。在她们的软磨硬泡下，陶子尧与魏翩仞一同前往兰芬的房间。

新嫂嫂和小兰芬一口一个“大人”，将陶子尧捧得飘飘然。他见魏翩仞已经在一旁睡着了，便开始自吹自擂。他夸耀自己此次前来，抚台给了他几十万两银子，用于购置机器。出发那天，抚台亲自送他到城外，藩台以下的官员在城外十里搭建彩棚为他送行，军营中的士兵们还鸣炮以示敬意。正当他狂吹时，魏翩仞醒了。魏翩仞掏出怀表，看已经三点多了，便说：“时间不早了，陶大人今晚就在这里将就一晚上吧，我先走了。”陶子尧则坚持也要回客栈。

第二天，陶子尧一觉睡到午后一点多，刚起床洗漱，魏翩仞便来邀请他共进午餐。餐后，他们又一起去游张园。在园中，他们遇到昨日酒席上的几位朋友，以及新嫂嫂和兰芬。魏翩仞提议陶子尧在新嫂嫂家设宴款待，陶子尧毫不犹豫地答应了。一行人便前往新嫂嫂家中，唱曲、划拳、喝酒，气氛热烈。酒足饭饱之后，宾客们陆续散去，唯有魏翩仞留了下来。他观察到陶子尧的官派作风，心知其喜欢听奉承话，便和新嫂嫂共同密谋了一条计策。

此时，陶子尧正躺在大房间的烟榻上，一边让兰芬装水烟，一边高谈阔论。不久，魏翩仞穿上马褂，向陶子尧告辞，并给新嫂嫂使了个眼色。陶子尧也想离开，却被新嫂嫂紧紧拉住不放。

无奈之下，他只得让魏翩仞先行离去。新嫂嫂热情地为陶子尧准备了夜宵，并让陶子尧的管家先行回客栈。那晚，陶子尧在新嫂嫂家过夜，两人如胶似漆，情投意合。接下来的七八天，陶子尧每天带着新嫂嫂出门游玩，买绸缎、表、首饰，十天半个月已经花了四五千银子了。他想着将来机器买成了，随便在哪笔账上多报销一笔就行，于是放宽心，继续挥霍浪费。

魏翩仞见陶子尧如此这般大手大脚花钱，心中暗想："若不趁现在下手，更待何时？"他找到陶子尧，谈起机器购置之事，提议可以找仇五科帮忙，毕竟都是自己人，定会给予关照。陶子尧拿出一张单子，上面列出了几样机器，但细节并不详尽。魏翩仞约他一同去与仇五科商讨，陶子尧却对新嫂嫂依依不舍。魏翩仞见状，忙说："你若不去也无妨，我代你去问问。"

魏翩仞来到仇五科的商行，将单子递给他查看。仇五科看后笑道："这含糊不清的单子怎能带到外国去？而且每台机器还有许多小配件，都需要一一列出。"接着又说，"你去告诉他，价格保证公道，合同也会帮他准备妥当，只要他明天与外国人当面签个字即可。"

第二天一早，魏翩仞叫醒陶子尧，一起去洋行找仇五科。仇五科非常热情，从抽屉里拿出账本一看，总共是二万二千两银子，签字后先付一半，又把合同念给陶子尧听。陶子尧不懂洋文，也没说什么。仇五科带他去见外国老板，握了握手，老板还说了几句洋文。仇五科翻译给他听，无非是些客套话。双方在合同上签字，然后去银行划账。

陶子尧随后发电报给抚台大人，汇报情况，并请求再拨款一万五千两。然而，二十多天过去了，却没有任何回音。他焦急万分，又发电报给姐夫求助。不久，他收到姐夫的回电，说抚台因病请假，由藩台代理。机器已经另外托外国人办好了，价格便宜，且保证质量，让陶子尧不必再操心，立即返回。陶子尧如遭冷水浇头，急忙找到魏翩仞，表示不再需要机器。魏翩仞却告诉他合同已签，无法反悔。陶子尧无奈之下，只得再次发电报给姐夫，说外国人不肯退机器款，希望姐夫能帮忙。收到姐夫的回电后，陶子尧一看，惊愕万分。电报中究竟说了什么？且等下回分解。

第九回 观察公讨银翻脸 布政使署缺伤心

陶子尧收到了姐夫的电报，内容令人心寒："上级部门不同意买机器，设法让对方退款两万，并悉数转交给王观察[①]。"陶子尧读罢，气得手脚冰凉。正好这时魏翩仞过来找他，说仇五科帮着斡旋，但洋人不肯让步，坚持要求付清余款然后交货。陶子尧听了，更是不知该怎么办。

这时，管家拿来一封信。陶子尧打开一看，发现写信的正是他姐夫电报上提到的王观察。王观察在信中表明，他奉命去东洋考察学务、农业、工业、商业等事务，上级叫他向陶子尧要回那两万银子作为考察费用。

陶子尧读完信后，心中更是焦急万分。魏翩仞洞察了陶子尧的困境，便直言不讳地说："现在机器是绝对不能退的！一旦退了

① 观察：即道员，尊称道台大人，是清代省与府之间的地方长官，可上书督察院，汇报本地违规违纪事件。

机器，你挪用公款的事情就会暴露无遗。你见到王观察时，只管说已经和洋人签订了合同，干脆多说点儿，说是四万银子的合同。二万不够，又托朋友在钱庄借了二万。款项已全部付清，机器不久即将抵达。洋人那边绝对不可能退款的。如果一定要退，我们只能请律师提起诉讼。”陶子尧听后，连连称赞魏翩仞的计策。魏翩仞又建议陶子尧花五百银子聘请一位外国律师，但陶子尧囊中羞涩，仅剩七百几十两银子，和二百多块钱的钞票，他只肯先支付二百。魏翩仞无奈，只得拿着这笔钱离去。

第二天一早，陶子尧便前往拜访王道台。两人聊到了退机器和款项的问题。陶子尧说道：“上级拨款二万两，命我到上海购买机器。一到上海，我就与洋行签订了合同，预计不到一个月机器就能运达。由于资金不足，我还以个人名义向钱庄借了二万两银子垫付。没想到现在上级突然要求退掉机器并收回款项。洋行的规矩大人您是清楚的。但既然我接到了上级的命令，自然不敢不从。与洋行多次协商未果，只得请律师与他们对簿公堂。”王道台听后，也不好说什么。

自从与王道台会面后，陶子尧心情大好，每天依旧去新嫂嫂那里混日子。然而，这几天里，王道台已经摸清了陶子尧的底细，便要求查看付款的凭证，以便向上级汇报。陶子尧知道事情不妙，一边找借口推诿，一边又去找魏翩仞讨论对策。魏翩仞说此事必须与仇五科商议，借助洋人的力量来压制王道台，说完两人便一同去见仇五科。仇五科表示：“我可以让这边的洋老板给山东的外国总督发个电报，外国总督肯定会帮自己的商人，我们就说对方擅自撕毁合同，还打官司破坏公司的声誉。”随后，仇五科与陶子尧另外签订了一份金额为四万银子的机器采购的假合同，并让陶子尧另外写了一张借款二万银子的借条。

山东的外国总督得知此事后，果真给山东抚台发了电报，不仅机器款四万不能退还，还要索赔四万。山东抚台收到电报后，大为震惊。最初委派陶子尧的抚台因病辞职后，朝廷便命本省藩司代理其职位。这位藩司姓胡名鲤图，前些年做官屡次被免职，都是为了洋人的事，故而最怕与洋人打交道。近年来他的运气极佳，一直升迁至山东藩司，又因抚台告病，再次官升一级。

这日，胡鲤图被正式任命为代理巡抚，他一早便到抚院大堂拜受印信，接受下属的祝贺。胡鲤图才回到衙门，就有巡捕官送来一封洋文电报，说是胶州发来的。他心中一惊，忙叫人翻译，原来正是不准陶子尧退机器，并要求山东官场再赔四万银子的那封电报。胡大人看完，面色苍白，唉声叹气道："从我做县令起，为了洋人的事，我不知花了多少冤枉钱，吃了多少苦头，看来这把椅子我又坐不长了！"他正说得伤心，忽见巡捕官又拿着一封电报进来，说是外务部来的电报。欲知后事如何，且等下回分解。

第十回 怕老婆别驾担惊 送胞妹和尚多事

胡鲤图大人见到外务部的电报，心里急得不行，打开一看只是小事，这才松了一口气。陶子尧的姐夫是洋务局的总管，善于同外国人打交道，便说了自己的看法："陶子尧年轻经验少，很难把事情处理妥帖。我建议大人发电报给王大人，让他就近处理此事。若能退货，就算贴点钱，损失也不大。若退货无望，也只能认栽买下来。至于外国人索赔的四万，我们肯定不能答应。"胡大人听后，表示赞同。

得到胡大人的应允后，陶子尧的姐夫立刻前往电报局，发了两封电报。一封寄给他的小舅子，催促他尽快处理完事情，早日归来复命。另一封则是发给王道台，请求他出手相助，同时承诺山东方面会另行拨款，以支付王道台出国的费用。

新嫂嫂这些天也在同陶子尧闹矛盾。她说要嫁给陶子尧，要求陶子尧为她另觅住所，并索要二千块钱。陶子尧手头拮据，只能不断找借口推托。一天，两人正为此事闹得不可开交，管家送来了一封电报。陶子尧见是绍兴发来的，心中一惊，急忙打开阅读。看完后他一声不吭，神情沮丧。原来，陶子尧在上海出差期间，忘记了给绍兴家中写信，也未曾寄钱。陶太太心中着急，发电报说这几天就要坐船来上海。

想着太太要来，陶子尧便没有再去新嫂嫂那儿。不久，他收到仇五科的一封亲笔信，说山东那边已经决定按照合同购买机器，不够的钱同王观察出国的费用一并汇来。看事情如此顺利，陶子尧心下欢喜不已，想着等拿到山东汇来的钱，便给新嫂嫂租个五层高的房子，和她言归于好。

正当陶子尧沉浸在喜悦之中时，管家带进来一个着装土气的人。陶子尧一眼便认出是表弟周大权。周大权告诉陶子尧，说嫂子和一个和尚已经来上海了。陶子尧听了，立刻气得脸色苍白。陶子尧的老婆非常泼辣，平时在家不是吵架就是骂人，自从丈夫在山东做官后，更是肆无忌惮。而这次同来的和尚，是陶太太的亲哥哥清海，在扬州天宁寺当执事。陶子尧因为清海是出家人，很不喜欢。清海和尚见妹夫对他不好，也对妹夫不好。所以当陶子尧听说太太的哥哥也来了，当下怒不可遏。他对周大权说：“你表嫂既然来了，我马上派人接她来旅馆，你也一起来。至于那个和尚，让他另找旅馆，别来见我。”周大权连声答应。

周大权刚离开不久，陶太太便与哥哥一同找上门来。太太一见陶子尧，不由分说，抓住他胸口，一边哭一边数落。旅馆里看热闹的人围了一院子，最后还是清海和尚费尽口舌将陶太太劝入屋内。陶子尧心情烦闷，便约魏翩仞去一品香吃饭。席间，陶子尧唉声叹气，将老婆刚刚大闹旅馆的事说了。魏翩仞见他情绪低落，便撺掇他叫陪酒女。陶子尧既想借此机会散心，又想与新嫂嫂叙旧，连忙答应。就在此时，服务生进来通报说一个自称“陶太太”的女人和一个和尚也来了。陶子尧立刻变了脸色，站起来转身下楼就走了。陶太太和她哥哥知道陶子尧在一品香请客，本想借此机会大闹一场，没想到陶子尧先得到消息，溜之大吉。陶太太回到旅馆，等了一晚上都不见老爷回来，气得一夜没合眼。

第二天中午，王道台派人来旅馆找陶子尧，说山东的钱款已到，让他前去领取。太太听了赶出来说：“有钱给我。不能给那挨千刀的，他要拿去养小老婆的。”派来的人一时不知所措，幸亏和尚出来打圆场，表示愿意代为前往。和尚让管家准备名片，叫来马车，前往拜访王大人。清海和尚将如何与王道台相见？且等下回分解。

第十一回　穷佐杂夤缘说差使　红州县倾轧斗心思

王道台听闻来了一个和尚，直皱眉头，还没说什么，和尚已经等不及进来了。和尚恭敬地行了个礼，又说陶子尧是他妹夫。王道台没有理他，只说自己明天要启程去东洋，已经将钱存到钱庄上，相关事宜让陶子尧联系周大人，说完就端茶送客了。

送走了和尚，管家通报说邹太爷又来了。邹太爷父亲和王道台是旧识，但自从邹父二十年前去世后，两家就没再联系。邹太爷这些年一直在上海等着候补，得知王道台也在上海，便天天到府上拜访。王道台不想搭理邹太爷，便叫下人传话，让邹太爷多去衙门走动，上司看他勤快自然会派差事。

邹太爷得知王道台马上要离开上海，心下着急，回家后就开始翻箱倒柜。这些年他抽大烟，早就败光家业，好不容易翻到两件稍稍不错的衣服，去当铺换了四百五十铜钱。他买了些蜜枣和云片糕，求王道台的管家帮忙说情。管家见他可怜，便答应去探探口风。王道台得知此人烟瘾很大，不愿意任用，但还是写了封信，将其推荐给制造局的郑大人。

再说回陶子尧。他得知和尚去拜访王道台后，也是气得不轻，忙写信给周大人，邀请他到一品香小酌。周大人本想婉拒，但想着钱已经划到账上，还是有必要当面交代一番，便答应赴约。恰好此时，魏翩仞来找陶子尧，说仇五科让陶子尧花钱买回以前签的假收据和假合同。陶子尧着急道："大家都是朋友，怎么好讹我呢！"魏翩仞说："等到打起官司来，你又如何证明它们是假的？总得想办法收回来才好。"陶子尧心下慌乱，在和周大人见面时干脆把情况一五一十说明了，还承诺说如果周大人能帮忙解决，他愿意平分所得好处。周大人听了，不由得心动。他原本计划与王道台一同前往东洋，却接到了浙江巡抚刘中丞[①]的调令。周大人曾在刘中丞家中担任家庭教师，此次刘中丞出于旧日情分，提拔了他。周大人擅长交际，趁此机会捐了个知县的职位。

---

① 中丞：清代对巡抚一职的称呼。巡抚的别称还有抚台、抚军、抚宪、部院等。

他凭借中丞身边的红人身份，社交圈日益扩大，与几个大洋行里的买办都有往来。他知道仇五科是军装买办王二调的外甥，而王二调与他关系密切。

第二天，周大人直接去求王二调帮忙。王二调在询问了外甥后，向周大人表示愿意承担一切责任，并暗示五科和翩仞也出了力，希望陶子尧能适当给予补偿。周大人听后感激不尽。他就此事和陶子尧商量，陶子尧舍不得多给，但在周大人的劝说下，最终同意给五科和翩仞每人二千，另外又送给周大人一千五百。周大人将四千的银票交给了王二调，陶子尧所开的假借据也全部收回。

仇五科因为舅舅不敢多说什么，魏翩仞却不甘心。他怂恿新嫂嫂，说陶子尧现在有钱了，正好可以敲诈一笔。新嫂嫂亲自到客栈去找陶子尧，陶子尧一向怕老婆，想要尽快打发她走，便说让魏翩仞来谈。魏翩仞在中间斡旋，最后敲了陶子尧二千五百。他分给新嫂嫂五百，自己得了二千，这才善罢甘休。

再说周大人，意外收获一千五百块钱后，他便赶往浙江赴任。他在巡抚府帮忙处理文案，同时兼任洋务局的差事。府中另一个处理文案的人，叫戴大理，长期在刘中丞身边当差，算得上是第一号的红人。虽然周大人与刘中丞有旧，但戴大理并不将他放在眼里，总是以前辈自居。周大人自知资格尚浅，凡事谦让不计较。

一天上午，刘中丞与藩司商议，打算将一个知县的空缺给予戴大理。旁边的巡捕听闻后，立刻去向戴大理报喜。戴大理听了自然喜出望外。午饭后，刘中丞召见周大人，顺便提及了戴大理外放的事情。周大人表面上称赞戴大理做事稳妥，却提醒说年末事务繁忙，若此时让戴大理离开，恐怕会耽误大事。刘中丞觉得有道理，决定先将空缺给予他人，明年再考虑戴大理。当晚，文案的几个朋友凑钱设宴，为戴大理贺喜。周大人表面上随大家恭维，内心却在暗自窃笑。

第二天，戴大理见藩台衙门没有发布公告，心中生疑，派人打听后得知空缺已经给了别人，一气之下竟然病倒了。刘中丞派之前报喜的那个巡捕前去探望，戴大理详细询问后，得知是周大人在背后使坏，不由得咬牙切齿恨恨道："一定要报复他一番，才显得我的本事！"要知后事如何，且等下回分解。

第十二回 设陷阱借刀杀人 割靴腰隔船吃醋

在戴大理休病期间，同事们都来看望并安慰他。周大人尤为热情，一天要来两趟。刘中丞向周大人询问戴大理的病情，周大人透露说戴大理其实没病，只是因为刘中丞原本说要委他一个职位，后来又改变主意，戴大理因此心生不悦，故而请了病假。刘中丞听了很不高兴。

五天后，戴大理病假结束回来上班，觉察到刘中丞对他的态度不如以前。他清楚一定有人在背后说他坏话，于是更加勤奋工作，对所有同事也非常热情。他对周大人尤为亲近，经常找他聊天，还带自家小菜给他吃。经过两个多月的努力，戴大理赢得了大家的称赞，刘中丞对他的态度也逐渐好转。

此时，浙东严州一带经常有土匪作乱。土匪虽然是乌合之众，但官兵连打仗都不敢打，一看到土匪便望风而逃。目前官兵主要有两种。一种是绿营，即本城的正规军。老兵大多年老体弱，新招的又多是地痞流氓，各级军官往往也是依靠关系上位，只能应付日常事务，根本无力作战。另一种是防营，主要安置曾经打过仗、立过功的老兵和军官。目前那些老兵要么老了，要么死了，新招的士兵和军官与绿营的情况一样。

严州一带的文武官员纷纷向省城告急，上级便委派统领胡华若率领六营防军前去剿匪。胡华若能够坐上统领之位，完全是依靠关系和金钱得来的，本人并无真正的军事才能。平日里过惯了安逸的生活，面对突如其来的命令，他如同热锅上的蚂蚁，急得团团转。

胡华若和戴大理是同乡，两人关系特别好。得知胡华若被任命为剿匪统领的消息后，戴大理立刻前来向他道贺。胡华若却苦着脸说："我这统领的位子，可是花了不少银子才弄来的，通共只当得半年，之前的亏空还没补上，谁知道现在就出这档子事。你说，我这身子骨哪里吃得消这种苦啊？万一有个三长两短，那可就白忙活了。"胡华若甚至透露了想辞官的想法。

戴大理一听，立刻建议胡华若向上级申请一位得力的助手，将剿匪的任务交给此人。如果事情办得成功，功劳可以大家共享；如果失败，也有个替罪羊。胡华若急问应该带谁去，戴大理便推荐了周大人，称赞此人不仅能力出众，还是刘中丞身边的红人。胡华若听后眼前一亮，连忙表示感谢。戴大理离开后，胡华若立刻前往刘中丞处，将戴大理的建议一一陈述。刘中丞同意了胡华若的请求，允许他带领周大人、候补同知黄仲皆、候补知县文西山一同前去剿匪。

周大人心中暗自窃喜，认为这次若能取得胜利，定能获得晋升。同事们也纷纷前来祝贺。戴大理将周大人拉到一旁，私下告诉他胡统领胆小怕事，做事犹豫不决。周大人在他手下工作时，应该自己拿主意。周大人听后，对戴大理的提醒深表感激。出发前，胡华若派人给周大人送去了文件和三个月的薪水，因为这次是去打仗，所以薪水特别丰厚，每月有二百两银子。周大人整理好行李，便前往江边等待船只。不久，胡统领带着一行人也来到了江边，众人一同登船。

在钱塘江上，有一种特别的大船，叫作“江山船”。船上的女子都打扮得花枝招展，被称为“招牌主”，用来招揽客人。这种船只载客不载货。另外还有“茭白船”，其规矩与“江山船”相似，但还可以装载货物。除此之外，还有一种两头通的“义乌船”，既可以搭载客人，也可以装载货物，但没有女子服务。胡统领的士兵乘坐的是“炮划子”，但胡统领贪图舒适，让县里安排了一只“江山船”。县里人考虑到胡统领还有随员和师爷，一只船不够，于是又安排了两只“茭白船”。胡统领乘坐“江山船”，而周、黄、文三位随员老爷，以及胡统领的两位幕宾赵不了和王仲循，一共五人，分乘两只“茭白船”。

胡华若想着反正用的是公家的钱，上船后就尽情享受。随行的五人中，文西山文老爷是旗人，年轻英俊，出手大方，平日里最喜享乐，因其在家中排行第七，大家尊称他为文七爷。文七爷与船上的“招牌主”玉仙是旧识，两人一见面便格外亲热。

一天，文七爷设下丰盛的宴席，邀请船上的几位同事共饮。得知统领胡华若正在休息，文七爷便偷偷地将统领船上的两位“招牌主”龙珠和凤珠也请了过来。宴席开始后，大家划拳行酒令，奏乐唱曲，气氛热闹非凡。

胡统领醒来后，发现龙珠和凤珠都不在身边，四处无人应答，却听到远处传来的划拳和唱戏声，不由得勃然大怒。龙珠急忙返回统领船上，使出浑身解数百般讨好，才渐渐平息了胡统领的怒火。但这件事却让胡统领与文七爷之间产生了深深的裂痕，甚至牵连到了周老爷和赵不了。至于后续如何发展，且等下回分解。

第十三回 听申饬随员忍气 受委屈妓女轻生

上次说到的胡统领，因为争风吃醋对文七爷心生怨恨，决定给他一些教训。那天晚上，胡统领不要龙珠伺候。龙珠察觉到胡统领的怒气，担心遭到责罚，不禁泪如雨下。

第二天一早，大家都到胡统领这里来请安。周大人询问胡统领是否收到严州的消息。胡统领心里一惊，急忙询问详情。周大人说船帮里传出来的一些话，说根本就没有什么土匪，不过是城里发生了两起盗窃案。地方上的文武官员为了邀功，夸大其词上报省里。胡统领听了，借机说道："这些小丑般的土匪不足挂齿，但我心中有些话不吐不快。我常听中丞大人提及，浙东的官场治理远不如浙西。你们可知原因何在？皆因浙东有'江山船'，船上的女人把官员们迷得团团转，处理公务时就特别糊涂。根据大清律法，官员与妓女饮酒作乐是要被革职的。诸位帮我时时提醒下他们，若出了差错，不仅前程尽毁，还会成为笑柄。"胡统领特意看了文七爷几眼。文七爷脸上红一阵白一阵，非常不自在。黄老爷和周老爷虽然知道胡统领的话不是针对自己，但昨天他们也都在场，不免有些心虚。胡统领见大家都没话说，就端茶送客。

文七爷心知胡统领厌恶他，后面便没有再去请安。王、黄两位大人忙着抽鸦片烟，也没有怎么过去。唯独周大人频繁前去请安，还帮助出谋划策。他建议胡统领不必急于上报严州无土匪的消息，而应夸大其词，以争取更多的经费和保举机会。很快，周大人便成了胡统领身边的红人。

从杭州到严州，本只需两日行程，但船主们故意放慢船速，使得行程被拖长了五六天。胡统领、文七爷等人是船主眼中的“好户头”，他们的停留意味着更多的收入。特别是文七爷，出手阔绰，不仅给玉仙和兰仙等大量赏赐，还慷慨地借了五十块洋钱给同僚赵不了，以助其应付相好兰仙。

抵达严州前夕，文七爷又摆了一桌酒宴。酒席上，文七爷喝得酩酊大醉，一觉睡到第二天中午才醒。吃完早饭，文七爷突然发现自己的金表不见了。他在房间四处寻找，不仅没有找到金表，还发现装钱和贵重之物的箱子已经被人撬开，里面的东西统统都不见了。文七爷立刻大声嚷起来，说船上有贼了。玉仙一听这话，吓得脸色都白了。

当日，船只抵达严州码头，当地的文武官员都前来迎接。当地官员为他们准备了住所，但胡统领舍不得龙珠，决定继续在船上居住，将船作为临时公馆。文七爷找到严州府首县的知县庄大人，告知船上失窃一事，并递上失窃物品清单。庄大老爷听后，立即命令捕快上船审问船老板和伙计。

捕快开始搜查船上各处。他们在兰仙床上搜出一封洋钱，和文七爷所丢的钱款图章相符，便大喊：“赃物找到了！”兰仙急忙解释，说这些钱是师爷赵大人给的。原来，赵大人与兰仙情投意合，曾答应赠予她钱财，但手头拮据，便向文七爷借了五十块洋钱。兰仙见捕快不信，提出可请赵大人对质。捕快不由分说，给了兰仙一巴掌，斥责她还想抵赖。船老板娘也不问青红皂白，上前痛打兰仙。捕快追问其他赃物下落，兰仙只是哭泣，默不作声。

捕快说："不说就算了，先带进城再说。"然后就把兰仙和船老板娘一并押走了。到了衙门口，因县老爷要去上司那里，捕快便将她们交由官媒婆[1]看管，打算次日再审。

兰仙和船老板娘两人所佩戴的首饰早被差役拿走了，说是贼赃要上交。官媒婆不甘心，强行脱去她们身上的厚棉袄，也称这些为赃物。兰仙和船老板娘穿着两件单薄的布衫，冻得瑟瑟发抖。兰仙虽然在船上以卖笑为生，但一直过着锦衣玉食的生活，哪里受过这样的苦楚！在被捕快带走的时候，她知道此去凶多吉少，想着与其慢慢受苦，不如一死了之，便顺手拿起一个烟盒藏在身上。官媒婆搜身时，她便把烟往嘴里一送，硬吞了下去。而此时，船老板娘因惊恐、寒冷、饥饿，已经神志迷糊，未察觉兰仙的举动。

官媒婆把她们锁进空房，次日清晨推门进来时，立刻吓得大惊失色。究竟发生了什么？且等下回分解。

第十四回 剿土匪鱼龙曼衍 开保案鸡犬飞升

第二天清晨，官媒婆发现兰仙已经香消玉殒，顿时吓得六神无主，只能硬着头皮将此事报告县太爷庄老爷。庄老爷一听出了人命，立刻升堂审问，先是召来捕快询问情况，随后提审船老板娘。船老板娘担心此事会牵连船上其他人，便承认自己亲眼目睹兰仙偷钱的行为。庄老爷又吩咐下人用藤条狠狠抽打官媒婆，整

① 官媒婆：旧时官府中的女役，负责女犯的看管、解送等事。

整打了五百下才停手。庄老爷问船老板娘："兰仙之死是否与官媒婆有关？若是她所为，我今日便要她以命偿命。"船老板娘已经吓得魂不附体，赶紧说："大老爷，我们兰仙是自己死的，跟她没有关系，求老爷饶了她吧！"庄老爷听后，便宣布："昨天船上之事已查清，都是兰仙一个人干的，跟你没关系，你下去写个保证书就可以走了。"船老板娘一听这话，如获大赦，连忙下去写了保证书，大概就是说"兰仙因羞愧自尽，并没有受到虐待"之类的话。

一切处理妥当后，庄老爷前去拜访文七爷。文七爷听闻兰仙是偷窃之人，感到十分惊讶，但考虑到庄老爷是自己的好友，便没有过多追问。在两人交谈之时，赵不了也在场，听闻兰仙自尽的消息，心中不免感到悲伤。但他误以为兰仙真的是贼，未曾想到是自己给的五十块洋钱害了她。

胡统领通知府里和营里，说打算亲自带兵剿匪，势必将这些人一网打尽。当日，三军人马便在夜幕降临前集结完毕，胡统领威风凛凛地坐在船中央，周围是他的随员、幕僚以及家眷的船只。就在这时，一个名叫柏铜士的都司急着来禀报，称自己曾去过胡统领所指的地方，那里并没有任何土匪的踪迹。胡统领心中不悦，大声斥责柏铜士煽惑军心，下令将其拖下去重打。

队伍即将出发之际，一名老将悄悄询问参将："这里连一个土匪的影子都没有，我们到底要去干吗呢？"参将也给问住了，本想向统领请教，但一想到刚刚柏都司被打的情景，又有点犹豫。最后，参将找到周大人询问。周大人收了参将三百银子，才暗示这次行动就是为了摆架势给上面看看，方便将来立功受赏。参将一听，心里顿时明白了，赶紧回去准备。

很快，参将带着大队人马，浩浩荡荡地出发了。村庄里的乡下人何曾见过这种阵仗？看见这么多人马，立刻吓得四处逃散。

胡统领因此怀疑这些人都是土匪，否则不会一见士兵就逃，便说要放火烧他们的房子，甚至要把这些人抓起来正法。这话一出，士兵们就开始放纵起来，到处搜刮抢劫，烧房子，甚至欺凌妇女，简直是无恶不作。

胡统领带着大军在乡下转了一圈，没遇任何抵抗，便自认为这次打了一个大胜仗。士兵们列队整齐，敲锣打鼓凯旋。府里和县里的官员们早已得知消息，全都出城来迎接。回到船上，胡统领让人给抚台发电报，先是描述了土匪猖獗的情况，然后声称已经将土匪全部肃清。一切安排妥当之后，便吩咐摆庆功宴。十二只“江山船”上摆了十二桌酒席，船头和船舱里都点上了灯烛，灯光闪烁，酒香四溢，场面十分热闹。

就在大家举杯畅饮、听曲划拳之际，一个衙门里的差人跑来找县太爷庄大人，说乡里来了四五十人，状告统领大人带来的兵抢劫、纵火、强奸。庄大人一听顿觉为难，只能让差人先回去稳住这些来告状的人。等到酒席散去，庄大人将此事悄悄告诉胡统领的贴身侍从，胡统领得知后却毫不在意。

胡统领随后叫来周大人，商量论功行赏的事宜。周大人初步列了一个名单，胡统领看到名单上文七爷的名字，心里顿觉不舒服，便说：“如果随行人员都被提升恐怕会招来非议，文大人年纪还轻，下次再赏吧。”周大人没说什么，退回中舱里，取出笔砚开始拟稿。他一边写一边琢磨：不如这次趁机为自己的一个兄弟和一个内弟也弄个保举。龙珠姑娘服侍胡统领睡下后，也悄悄地走到中舱，请求周大人把她父亲也写进名单中。周老爷觉得既好笑又为难，只是让龙珠去找统领商量。此时，舱房里传来了胡统领的咳嗽声，龙珠赶紧进去。接下来的事情会如何发展呢？且等下回分解。

第十五回 老吏断狱着着争先 捕快查赃头头是道

龙珠走进舱房，见胡统领醒了，便缠着让他答应给自己父亲一个官位。胡统领怕被人说闲话，但架不住龙珠一直求他，就让她给周大人说去，说完就继续躺下睡觉去了。龙珠又跑去找周老爷，周老爷心下明白，答应了龙珠的请求。

县太爷庄大人吃完庆功宴后回到衙门，一下轿就看见好多乡民在等着告状。庄大人不等他们开口，便抢先说道："那些兵勇太可恶了！我已经跟统领说了，定要严惩他们！你们先回去商量，谁被杀了，谁被抢了，谁家妇女被欺负了，谁家房子被烧了，都一一写清楚，明天一早，我拿着你们的状子去找统领要人，当场为你们讨回公道！"乡民们一听这话，高兴地磕头谢恩。乡民们散去后，庄大人立刻拟写一份告示，大意是说："统领大人军令如山，此次出兵剿灭土匪，旨在除暴安良。为防止不法兵勇骚扰百姓，统领大人已严令本县，若有此类事情发生，百姓可持确凿证据来县衙指控。一经查实，将严惩不贷，决不姑息。"告示拟好后，庄大人命人将其张贴于显眼之处。

第二天，庄大人前往统领大人处，把昨晚的事情详细汇报了一遍。胡统领听了心里不快，半天没吭声。庄大人见状，赶紧将自己的计划详细说了一遍。胡统领脸上渐渐露出了喜色，最后不禁大笑起来，还表示自己已经向中丞大人举荐了庄大人。

庄大人回到衙门后，立刻召集衙役升堂审案。他对前来告状的乡人说：“我已经向统领大人禀报了此事，官府将出钱对受害百姓进行抚恤。你们的状子都写好了吧？拿给我看看，我好把钱分给你们。”众人一听，纷纷磕头称颂庄老爷是青天大老爷。庄大人吩咐左右按状子上的损失情况进行抚恤。大家拿着银子，高兴得不得了。

庄老爷又说：“打官司最重要的是证据和证人。小工被打死，房子被烧，这些需要有人指认凶手和纵火犯。女儿、老婆被强奸，也需要先验身，再指认强奸犯。你们快点把真凶找出来，我来为你们申冤。”众人听了，面面相觑，说不出话。这可是人命关天的大事，万一冤枉了人，那些冤魂来讨命可不是闹着玩的。

庄大人见状，发火了：“你们的状子我已经禀报给统领了，统领问我要人，我就得问你们要人。你们要是说不出人来，非但刚才发给你们的抚恤银子要退回，还要治你们诬告的罪。”众人一听，赶紧磕头求饶。庄老爷见他们害怕，叹了口气说：“若想上面不治你们诬告罪，还能领到抚恤银子，唯一的办法就是把这些事都推到土匪身上。”大家一听，都觉得这是个好主意，又赶紧磕头感谢。庄大老爷又提醒说：“统领帮你们灭了土匪，他走的时候，你们送几把万民伞给他，也算有所表示。”大家连忙应允。

庄大人将乡人打发走后，立刻去见统领。统领听了事情的经过，非常感激庄大老爷，说道：“应该发多少抚恤银子，你尽管报上来，我马上核放。你要是缺钱用，多支一万、八千也使得，一起报销。”庄大人连忙说：“大人您太客气了，抚恤金不多，我愿意自己出，额外的赏赐我可不敢领。不过我有两个儿子、一个兄弟、一个女婿，将来如果大人能帮着举荐一下，那我就感激不尽了。”胡统领立刻应允了。

庄大人刚从胡统领那儿回来，就听门人来报，说统领身边的鲁总爷送来一个偷钱的随从。这个随从叫王长贵，是个赌徒。他见鲁总爷最近忽然阔绰起来，心里起了疑心，便悄悄观察，留意到鲁总爷常从一个小箱里拿钱。一天，王长贵趁总爷外出，也偷偷从小箱里面拿钱，结果被鲁总爷发现。鲁总爷气得不行，立刻派人把他押到了衙门。王长贵一见到捕快，就像是老鼠见到了猫，把所有事情一五一十道出，还说鲁总爷总说差使不好，但一到这里就阔起来了。捕快听完心中一动，认真查看洋钱上的图章，果真和文七爷之前丢失洋钱的图章一样，便立刻将此事禀报给庄大人。庄大人却不以为然，不耐烦地说："这案子早就结了，还来翻什么案！"

捕快一听这话，暗道真是官官相护。他越想越不甘心，决定自己查个明白。他换了一身便服，跑到鲁总爷的船上，说庄大人听说船上少了一个随从，怕总爷缺人使唤，特地推荐他过来。鲁总爷不好拒绝，就暂时收留了他。捕快在船上表现得非常好，总爷对他很是满意。以后的事情会怎么样，且等下回分解。

第十六回 瞒贼赃知县吃情 驳保案同寅报怨

潜伏在鲁总爷那里当随从的捕快非常聪明。他给自己换了个官员都喜欢的名字：高升。看出鲁总爷喜欢听好话，他便拼命拍马屁。他还擅于察言观色，很多事不用鲁总爷开口，他就帮其做好了。很快，他就博得鲁总爷的青睐。

一天晚上，高升服侍鲁总爷抽烟，鲁总爷问起庄大人家里的情况。高升赶紧编了一套说辞，说庄大人家中二老爷很有钱，对旧的翡翠玉器和钟表情有独钟，经常高价收购。鲁总爷听了这话，便动了心思。第二天，高升暗中安排了一位卖主，带着几件价值不菲的衣物来到船上，声称因家道中落，愿意低价出售。鲁总爷买到这么便宜的货，心里高兴得不得了。高升趁机在一旁暗示，说卖主家中还有更多宝贝，明日必将再来。鲁总爷心中盘算着如何继续捡便宜，但手头现金有限，便从箱子里取出一枚翡翠扳指和一块金表，让高升拿去卖给庄二老爷。高升一看，这些正是之前文大人失窃的财物。他表面上不动声色，将物品妥善收藏，继续服侍鲁总爷抽完烟后，便告辞离去。

高升先去找到文七爷，将东西拿出来递给文七爷。文七爷看见失而复得的宝贝，喜出望外，急忙询问贼人是谁。不过，高升对此并未透露任何信息。接着，高升又将此事汇报给庄大人。庄大人听后，震惊之余开始琢磨该如何处理。鲁总爷是统领带的随行官员，如果此事闹开，势必会让统领失面子。庄老爷想了想，决定先请文七爷前来商议。文七爷得知鲁总爷涉事，大吃一惊，也觉得此事不宜声张。待文七爷离开后，庄老爷派人去请鲁总爷进城商谈。

自高升离开后，鲁总爷心中一直忐忑不安，得知庄大人请他进城，更是如坐针毡。到了县衙，鲁总爷在房间等了半天都不见庄大人，心中越发焦虑。就在这时，一个捕快走了进来，正是他亲手托付东西的高升！鲁总爷一看，魂都吓飞了，头晕眼花，四肢无力，恨不能找个地缝钻进去。

紧接着，庄大人掀开帘子进入房间，鲁总爷心知事情已经败露，便扑通一下跪在地上，砰砰地乱磕头，嘴里不停地求道："大人救我！"庄大人故意板着脸说："自从文大人丢了东西，我在统领面前挨了不少骂。文七爷又天天来问我要钱，我没办法，私下已经给了他五百银子。另外，这些捕快为了这事儿都挨了不少打。现在若把你放掉，我怎么跟他们交代？”

鲁总爷急得眼泪直流，再三苦苦哀求。庄大老爷故意长叹一声说：“我不想为难你，但是文大人丢的钱总得补上，我已经替你给了五百两银子。还有那些捕快，不能不赏他们点钱，至少得一百两。”鲁总爷一时之间如何能拿出这么多钱？只能求庄大人宽限几个月，等发了饷银再还。庄大人故作为难，但最终还是同意了。

从那以后，鲁总爷总是避着文七爷。文七爷是个宽宏大量的人，趁没人的时候找到鲁总爷，反而好言安慰他。鲁总爷虽然感激涕零，但心里总是有了隔阂。

再说浙江巡抚刘中丞。自从胡统领带兵去严州剿匪后，刘中丞心里就像压着一块大石头，整天忧心忡忡，生怕剿匪失败，自己的官位也将不保。后来收到胡统领的捷报，他才稍微松了口气。过了两天，胡统领上报了剿匪的详细情况，并附上了举荐名单。刘中丞将名单交给戴大理，命他尽快撰写奏折。

戴大理看到名单上首位便是周大人，就开始琢磨如何把这人弄下去。他找到刘中丞，将写了一半的奏折递上去，说道：“大人，这严州剿匪的功劳，其实都是您的。胡统领虽然有功，但如果不是您调度有方，他也办不成这事儿。我觉得您应该把自己的功劳也写上去，这样上头才知道您的辛苦。”刘中丞看了奏折，也觉得有道理。这样一来，胡统领虽然也有功劳，但比起刘中丞来就差远了，而那些随行的官员，则要等到善后工作结束了再上奏举荐。戴大理也因此有了更多时间来策划如何对付周大人。

戴大理拟好奏折后，又给胡统领写了一封信。信中隐晦地提到胡统领的帖子只夸赞了自己的部下，却忽略了刘中丞的调度之功，这让刘中丞颇为不悦，原本打算搁置此事，但经自己再三劝说，最终还是随折保举了胡统领，其他随员则暂时从缓处理。

胡统领收到信后，自然无比感激戴大理。由于上次的禀帖是周大人所拟，胡统领对周大人的信任也大打折扣。接下来的故事会怎么发展呢？且等下回分解。

第十七回 三万金借公敲诈 五十两买折弹参

胡统领虽然对周大人的态度有所冷淡，但遇到棘手的问题时，仍旧会征询周大人的意见。周大人感觉到了这种变化，也没多说什么。有一天，胡统领接到省里的命令，让他做好善后工作后就撤军回原防地。他派人叫来周大人，商量如何报销这次出兵的费用。周大人建议："此事不难，有些事情可以交由庄县令去处理，再通知各营官上报所需的费用。"胡统领便将此事委托给周大人。

周大人开列了各种费用，总共大概六七十万银子，胡统领觉得这个数目太大。周大人解释说："自从接手这个任务，到现在我已经背了一万多银子的亏空，正好趁这个机会弥补。"胡统领心中不喜，表面上却说："如果你缺钱，我可以另外借钱给你。但是，报销的数目还要斟酌。"周大人见胡统领不愿意分他好处，心中便打了其他主意。

退下后，周大人找到县丞[1]单太爷。他们两人以前共事过，交情很好。周大人向单太爷透露了自己打算联合他人敲诈胡统领的想法，单太爷便推荐了魏竹冈。魏竹冈是进士出身的主事[2]，平日揽些诉讼案子，赚点小钱过日子。

送走周大人后，单太爷换了便装前往魏家。两人先聊了几句家常，然后就谈到了土匪闹事的事情。魏竹冈说自己和胡统领还算是同门，正打算组织大家送统领几把万民伞。单太爷却说："依我看，咱们不如趁这个机会，想办法从他那儿捞点好处。"魏竹冈听了这话，十分惊讶。单太爷便把事情的来龙去脉详细地讲了一遍。魏竹冈听完大怒："他下乡去骚扰百姓，百姓怎么不告他呢？"单太爷叹气说是县令庄大人平息了此事。魏竹冈更加气愤了，立刻写信给庄大人，隐隐责备他帮着上司欺压百姓。

不一会儿，庄大人的回信就到了，写得义正词严："百姓如果真的受了委屈，为什么我们多次张贴告示让他们来告状，他们都不来？那些来告状的人都说是受到土匪骚扰，也都拿了县里给的安抚银子。"魏竹冈读完信，也不得不感叹庄大人手段高明。

单太爷笑着说："我们还是想想怎么从那位胡统领那里捞点好处吧。"两人商量了半天，觉得还是写信稳妥点。魏竹冈多年在家处理诉讼案件，文笔还不错，很快就写好了。信中提到听说官兵以剿匪为名，四处劫掠、烧杀、淫暴，现在乡民们打算联名向省里告状。由于自己与胡统领是同门师兄弟，一听到这个消息就立刻写信通知。

胡统领收到魏竹冈信的时候，正和几个随员议事。看完信，

---

① 县丞：按大清官制，县丞为正八品，仅比知县低一级。

② 主事：中央六部下的一个官职。清朝中央六部下设许多司，司的长官为郎中，其下为员外郎和主事。

他一声不吭，把信交给了周大人他们，询问大家的看法。文七爷认为对方没有确凿的证据，可以直接不予理会。周大人则急忙表示，不能让事情闹得太大。胡统领想了一下，让周大人先去探探对方的口风。

第二天，周大人给胡统领说，魏竹冈为人贪婪，竟然索要三十万两银子。胡统领听后脸色铁青，愤然说道：“我帮了地方上这么大一个忙，连一把万民伞都没收到，现在还想来敲我的竹杠！”周大人看胡统领的神情，似乎连三万都不想出。他回去思索再三，突然想到也许能请县令庄大人来劝统领。周大人去拜见庄大人，跟他说明了来意，并表示：“魏竹冈是出了名的无赖，给他点钱堵住他的嘴，我们也能少听点闲话。”庄大人也不想把事情闹大，便答应去劝说胡统领。胡统领对庄大人十分信任，最终同意给魏竹冈三万两银子，但他却没有给周大人拨款，反而让周大人先帮忙借钱处理。周大人听了这话，气得半天说不出话来。

第二天，周大人便找到单太爷，说听闻张昌言张御史和魏竹冈是表兄弟，自己愿意出钱让张御史参胡统领一本，不为别的，就是为了出这口气。单太爷询问魏竹冈，魏竹冈表示：“当官的卖折子，跟做生意差不多，这事至少需要五百两银子。”单太爷找周大人要一千银子，周大人只出了六百。于是单太爷拿了三百给魏竹冈，并劝他应允下来。魏竹冈拿到银子后，便写了一封信，封了五十两银子给他表弟，托他帮忙奏参。事情会如何发展？且等下回分解。

第十八回 颂德政大令挖腰包 查参案随员卖关节

胡统领这次出来剿匪，总共报销了三十八万两银子。他从这里面拿出二万两银子，一万两给了手底下的文武官员和仆人等；又额外拿出一万两给了周大人，让他帮着处理被敲竹杠的事情。周大人想着已经让魏竹冈写信到京城去了，现在再做什么也无济于事，索性将钱自己留下了。

胡统领又问起万民伞的事情，周大人立刻表示会妥善办理。退下后，周大人先找到县令庄大人商议，庄大人建议他去找单太爷。单太爷听周大人说了来意，叹了口气，说："现在就算统领大人自己把牌和伞做好了给当地的乡绅，他们也未必肯送。"然后建议周大人干脆在军队里找人冒充本地绅士来送万民伞。周大人觉得这个主意不错，主动提出愿意承担所有费用。

转眼就到了返程之日。码头挂满了崭新的彩绸和灯笼，大小炮船也都挂上了鲜艳的旗帜，看起来特别喜庆和壮观。被专门指派的士兵一大早就穿上官服，来到单太爷这里，准备冒充本地的绅士和文人去送万民伞。大约十点半的时候，德政牌和万民伞已经送到了岸边的彩棚下，大家也纷纷跪下磕头。胡统领连忙回礼，朝着那些送伞的人客气地说了几句，便在差官和亲兵的簇拥下返回了船上。

就在这时，突然冒出一群穿着孝服，手拿纸锭的人，他们一边痛哭，一边大骂。胡统领的亲兵和县城派来的差役见状，立刻上前驱赶。胡统领在船上也听到了一些骂声，但他装作没听见，只是下令立刻开船。

等一行人回到省城时，已经接近过年。周大人依然回抚院继续做文案工作。他心里明白，自己不仅托人上京告状，还坑了胡统领一万银子，恐怕在浙江难以再待下去，于是以家中老人身体不适为由，请假返回了老家。

五月初，刘中丞忽然收到京城一个交好的小军机①的来信，信中提到刘中丞被三位御史连续参奏，朝廷即将派遣钦差前来查办。刘中丞对此消息感到极为震惊。到了七月中旬，两位钦差已经抵达杭州。他们到了行辕后，不接受任何官员的拜访，不准随行人员出门或会客，大门口整日坐着一名巡捕官和一位亲信师爷，凡有人出入都要登记。第二天，钦差又传话叫衙门准备十套新刑具和三十副手铐、脚镣等。第三天，钦差大人将一份公文发给巡抚刘中丞，里面列着与案件有牵连的官员名字，请巡抚大人按照名单上的指示，采取撤任、撤差、看管等措施。因为是钦案，刘中丞不敢多问，只能一一照办。全省的官员都吓得不轻，每个人心里都满是焦虑。

公文发出后，行辕的戒备松懈了很多。一些随行的官员偶尔也会出门访亲拜友。钦差的随员们自然成了众人巴结的对象，起初只是有人约着吃饭，后来就开始送东送西。两位钦差大人却对此不闻不问。

正钦差官居兵部大堂，兼任内务府大臣之职。这次差事原本是上头有意照顾他，让他有机会从中获得好处。他来到杭州后，

① 小军机：军机处是总揽军政大权的御前官署。军机大臣称为“大军机”，“大军机”手下负责拟文稿的助理人员叫军机章京，又被称为“小军机”。军机章京虽然官位不高，但因接近机要，也颇有权势。

虽然表面上气势汹汹，实际上却整日坐在行辕里，除了抽鸦片，就没做什么事。带来的官员有几个倒是很懂查案，无奈见了钦差如此举动，也不敢轻举妄动。

在这些随员中，有一位员外郎[①]，名叫拉达，是这位钦差的门生。而杭州一个管城门的官员，名叫过富，和拉达是同榜举人，也是这位钦差的门生。拉达来杭州后没两天，就来拜访同门过富，两人聊得非常投机，几乎每天都要见面。

省里的大官们对钦差行辕的一举一动都了如指掌，很快便将拉达和过富关系要好的事情禀告给抚台大人。抚台大人得知后，便委了过富两个不错的差使。过富高兴坏了，立刻去中丞大人那里磕头谢恩，刘中丞则表明以后会重用过富。过富急忙将这个好消息告诉拉达。拉达回到行辕后，便将此事告诉了老师钦差大人，钦差则教拉达接下来该如何做。

第二天，刘中丞盛情款待过富，两人聊到钦差大人。过富感激刘中丞对他的好，主动表示："钦差是我的老师，随员中的拉达跟我是同门同年，只要我能出力，一定竭尽全力。"刘中丞于是提出希望他能抄录一份原折，以便大家心中有数。过富立刻答应了，随后告辞去找拉达。拉达也很直接，表示如果了结整件事情需要两百万两银子，如果要看原折需要五万两银子。过富无奈，还价到二万两，写了一张欠银字据。他接过折子一看，不由得大惊失色。折子上究竟写了什么？且等下回分解。

---

① 员外郎：清代中央六部属下的一个官职。清朝吏、户、礼、兵、工、刑六部下设不同职能的司，各司长官为郎中，副长官为员外郎，从五品。

第十九回　重正途宦海尚科名　讲理学官场崇节俭

过富接过折子，上面密密麻麻列了二十多条罪状，从巡抚大人到大小官员、幕僚、绅士、书吏、家丁，一共牵连了二百多人。他拿着折子，直接去了巡抚府。刘中丞接过折子，匆匆看了一下，问道："他们到底想怎样？"过富就把钦差大人索要二百万两银子的事和盘托出。刘中丞一听，怒不可遏，也没有说什么，只是让过富明天去善后局领二万两银子。

过了三天，拉达始终没收到回信。钦差大人也生气了，放出消息说要提审那些被参的人。整个省的官员都吓坏了。刘中丞说："一开口就是二百万，这未免太过分了。我们现在先晾着他们，看他们怎么办。"藩台和臬台[①]劝道："为了大局着想，我们还是得和钦差大人好好谈谈。实在不行，就让大家一起分摊这笔钱。"刘中丞没说什么，默许他们去处理此事。藩台大人亲自找到过富，让他帮助打听如何能消掉自己的罪名。很快，前来找过富帮忙打点的官员们络绎不绝。过富和拉达两人在中间牵线搭桥，赚得盆满钵满。比如，钦差说要这个人交八万两银子，拉达传话时候就会说成十万，而过富通知对方的时候则涨到了十二万。

不久，这件事情算是尘埃落定。那些交钱打点的心里都踏实

① 臬台：又称按察使，正三品官员，负责全省的司法体系。臬台和藩台都是督抚的属官。

了，而那些没钱交差的也都做好了被问罪的准备。正钦差和副钦差传令随员们把那些不肯交钱的官员押到衙门询问。几天后，案子都审理得差不多了，官员们的银子也陆续送到。正副钦差便开始逐一定案，等案子定了，他们的赃款也就分完了。

两位钦差处理完事务后，正准备回京复命。不料此时中丞又被御史参了一本，朝廷便下旨让刘中丞来京另行安排职务，抚台一职暂时让副钦差代理。副钦差接印的第一天，就颁布了一道朱谕，写着："浙江的吏治腐败堪称全国之最，主要原因在于买官现象过于泛滥。我到任后，凡是捐纳[①]出身的官员都要在三个月内参加考试，考得好的才能留任，考得不好的一律撤职。"第二天，他又传令："凡是年节、生日，文武属官来送礼的，一律不收。"

官员们看了这些命令，都惊讶得目瞪口呆。一天，官员们去府院拜访，却见署院穿着一身破旧的衣服，左右伺候的人也都衣着褴褛。署院跟各官员说："孔夫子有句名言叫'节用而爱人'，节俭是人生的一大美德。那些没有德行的人，绝对不会节俭，一天到晚只讲究吃好穿好。这些道理，读过书的人一听就懂，但那些捐纳出身的官员，我恐怕说破了嘴，他们还是不懂。"署院这番话一出口，下面捐纳的官员顿时羞愧得面红耳赤。

官员们退下后，恰巧有两个新捐纳的候补官员前来禀见署院大人，一个人称刘大侉子，一个外号黄三溜子。两人都是有钱人家的纨绔子弟，穿戴极为阔绰。署院看着两人，也不问话，只是盯着他们俩看，从头上一直看到脚下。隔了一会儿，署院命人取来笔砚，让两人写自己的履历。这两人平日里不学无术，一试便露了马脚。署院当下不再说话，只是端茶送客。

---

① 捐纳：即花钱买官，此事在顺治年间正式合法化，户部还专门成立了捐纳衙门，成为当时许多人进入官场的一条重要通道。

两人回客栈没有多久，刘大侉子就收到藩台府中卢师爷的来信。卢师爷是刘大侉子的舅舅，他在信中说抚台今天下午传见了藩台，说你们两个不堪重用，打算上奏朝廷，将你们遣送回原籍。藩台再三求情，请抚台大人再给他们个机会，抚台听了也没说什么。两人看了信，心里急得不得了。

刘大侉子立刻去找卢师爷，请他帮忙找藩台想想办法。黄三溜子虽然有钱，但在官场上没有熟人，只好把他平时存放银子的裕记票号的二掌柜请来，和他商量对策。二掌柜说："这事情幸亏你找到我了。"原来，二掌柜和中丞大人打过交道，深知此人虽然表面上清廉，骨子里却是见钱眼开。二掌柜建议："正好明天他一个姨太太和少爷要来，你准备两张五千两的银票，分别送给他们。"黄三溜子想了一下，决定就这么办。果然，银票送出的当天就传出了消息，让黄三溜子第二天穿上特别破旧的衣服再去衙门，一定会有好消息。这时，刘大侉子也回来了，也说藩台再三叮嘱见署院时不要穿新衣服。

第二天一大早，两人都换上了旧衣服去府院禀见。至于他们这次见署院的情形如何，且等下回分解。

第二十回 巧逢迎争制羊皮褂 思振作劝除鸦片烟

第二天一大早，刘大侉子和黄三溜子穿着破旧的衣服，走进了官府的大厅。署院先是处理了一些日常公务，然后开始打量刘黄两人。他注意到黄三溜子的衣服特别破旧，袖子上甚至还有个大破洞，笑了笑说："你们不仅在我面前要这样，我不在的时候也要这样。我们讲理学的人，最看重的就是'慎独'这个道理。"

过了两天，署院吩咐说："新来的候补道黄大人，虽然是捐班出身，但勇于改错，第二次来见我时，浑身上下都找不到一丝一毫新的东西。跟他一起来的刘大人，虽然衣服也很旧，但靴子帽子还是比较时髦的。我打算给黄大人一个差使，以此奖励他，也希望能激励其他人。"说完便下了一道命令，让黄三溜子前去营务处报到。

因为这件事，整个浙江官场的风气发生了大变化。以前官员们都讲究穿着打扮，现在则开始比谁穿得破烂。谁要是穿得最破烂，大家都会恭喜他很快就要得差使或补缺了。果不其然，过不了几天，就有官员被委派了职务。这下大家可算是找到了升职的"捷径"，对公事不管不问，一门心思地穿破衣服。杭州城里的旧衣铺生意兴隆，破烂的袍褂被抢购一空，其价格甚至比新货还要贵上一倍。

一转眼到了十一月，署院大人为了彰显清廉节俭，不穿皮衣，其他官员也都穿着棉袍褂上院。那些家境殷实的官员，里面悄悄穿着丝绵小棉袄和狐皮紧身衣，并不觉得冷。而那些经济拮据的候补官员，因为署院不喜欢奢华，加上手头拮据，早就把皮衣当了，如今每天清早去衙门时，都冻得瑟瑟发抖。

起初，藩台还遵守署院的命令，后来实在熬不住了，就换上了狐皮袍子、貂皮外褂和貂皮帽子。署院大人见了很不高兴，但因为藩台职位高，又在军机处有靠山，也不好说什么，只是写了一道手谕，再次强调官员要体恤百姓的艰辛，不要穿着奢华、酒食无度。藩台全然不将此当一回事，第二天依旧穿着那身贵重的衣服。到了官厅，他对其他官员说："堂堂一个大国的官员，若连衣服都穿不起，让外国人看到，成何体统？现在国家正忙着借洋债修铁路，我们若穷到这种地步，外国人怎么会相信我们，怎么会愿意借钱呢？”其他官员听了，都不敢接话，生怕惹来不必要的麻烦。

当天晚上，藩台的话就传到署院耳中。署院气得不行，打算好好收拾藩台一顿。恰巧这时，有个想借钱给中国并包办浙江铁路的洋商前来拜访。谈完公事后，洋商说道：“我两年前也来过你们省，那时候也是冬天，你们洋务局里的官员们，一个个都穿着很好的皮袍子。如今再来，却发现他们连皮衣都穿不起了，看来你们国家现在真的很穷啊！”署院听后心里一惊，想起藩台之前说的话，赶紧解释说：“他们其实并不是真的穷，是我不希望他们过于奢华，才不准他们穿得那么讲究。”

署院回到府上，想着事关大局，不得不退让。第二天，在接见司、道等官员时，署院大人开口说道：“我这人比较古板，总觉得江浙两省最近太过奢侈了，所以一直倡导节约。我自己节俭惯了，冬天穿不穿皮衣服都无所谓。各位虽然不能太过奢侈，但也不能过于寒酸，羊皮褂子价格适中，每人可以考虑做一件。”这番话很快便传开了。短短几天内，杭州城里的羊皮褂子就卖掉了几千件，成衣匠们夜以继日地赶工都来不及。大小官员们一个个都穿上了羊皮褂子，连署院看着都觉得比以前体面多了，以后对下属的穿着就不再那么在意了。

但署院却因此事对藩台恨之入骨，他不敢动藩台，只好拿其同乡、亲戚来出气。一次，刘大侉子跟着一班候补官员上院禀见。署院大人看到名单，突然想起藩台曾为刘大侉子说过情，估计两人关系密切，便当着所有候补官员的面，对其冷嘲热讽了一番。刘大侉子被说得无地自容，脸涨得通红，尴尬得连话都说不出来了，加上鸦片烟瘾犯了，坐在那里不知不觉就打了个哈欠。署院大人见状，又借机发挥，说道："自从鸦片传入中国，不知害了多少人，一个个都变得萎靡不振。各位大人回去后传我的话，限大家三个月内把烟戒掉，要是到时候还没戒掉，那就别怪我不客气了！"这时，商务局老总在旁提了一家胡镜孙戒烟会，说传闻里面的戒烟丸药效果不错，有意戒烟的同僚可以试一试。

离开府院后，刘大侉子立刻寻到那家戒烟会，买了些戒烟丸。刘大侉子这次能否成功戒烟？且等下回分解。

第二十一回 反本透赢当场出彩 弄巧成拙蓦地撤差

转眼到了正月。黄三溜子借着过年的名义，托裕记号二掌柜私下又送了八千银票给署院，想求个实缺[①]。署院答应会帮他留意。得到许诺，黄三溜子更加随心所欲地玩乐了。

官员们正月里事情不多，除了拜年应酬，就是赌钱喝酒了。黄三溜子最喜欢赌钱，赢了就慷慨打赏，输了也泰然处之，所以只要有赌局，大家都会叫他。

正月十三晚上，一群官员聚在候补知府双二爷家，把酒言欢，豪赌为乐。来的人大都家境殷实，所以赌注下得很大，输赢动辄数千两银子。他们兴致很高，竟然玩了一个通宵。清晨有些人撑不住，回家睡觉了，黄三溜子等几个赌瘾大的，却不肯罢休。主

① 实缺：指经正式任命有实际职位的官职。实缺意味着官员拥有具体的职务和权力，而不仅仅是名义上的官职。

人双二爷建议："今天不是公务日，我们不如先睡一觉，等人齐了再玩如何？"黄三溜子却说："赌一夜算什么！只要有赌局，我可以十天十夜不睡觉。"于是，大家继续围坐赌桌，又赌了整整一天。

到了晚上，黄三溜子公馆里的仆人匆匆赶来，提醒他明天一早要同众官员一起庆贺元宵。黄三溜子此时手气正好，便吩咐仆人："我今天要在这里玩通宵，明天让轿班直接来此等候。"这一晚上，他果然赢得盆满钵满。

天色渐明，黄三溜子的管家和轿班如期而至，准备伺候他前往府院。黄三溜子来不及清点结算，便将筹码一股脑儿揣入怀中。到了府院，众官员给署院磕头贺节。礼毕起身时，一位同僚不慎踩住了黄三溜子的蟒袍，两人双双跌倒在地。黄三溜子怀里的筹码从衣服里掉出来，散落一地。署院提醒他们有东西掉在地上了，还吩咐旁边的巡捕帮忙去捡。黄三溜子赶紧将地上的筹码捡起放回怀里，慌乱中漏掉了一根一百两银子的筹码，旁边的巡捕走过来将其捡走。此时，署院也看清楚掉在地上的是筹码，他生平最讨厌的就是赌，但忍着没有发作，在场的其他官员也假装什么都没看见。

官员们退下后，署院从巡捕那里要来了筹码，让人送还给黄三溜子，还传话告诫他不得再犯。黄三溜子无精打采地回到自己的公馆，再没有赌钱的心情，便打发手下去双家清算赌账。而黄三溜子今天在官署大院掉落筹码的糗事，早已在官场上被传为笑谈。

再来说说刘大侉子。连续服用了三个月的戒烟丸药后，他虽成功抵挡了烟瘾，却对戒烟丸产生了更大的依赖，而且脸色变得越来越难看。每次署院见他都没有好脸色，甚至说他瘾太大，不堪重用。濒临崩溃的刘大侉子去找舅舅求助。他舅舅在官场混了很久，见多识广，了解情况后，为他出了一计。

次日，刘大侉子再次面见署院。署院见他，不禁又嘲讽道："你自己照照镜子，你这模样，谁还会相信你已经戒烟了？你父亲当年并不抽烟，怎么你倒染上了这个恶习？我都替你父亲感到羞耻！"刘大侉子听了，竟呜呜咽咽哭了起来。署院忙说："我教导你几句话，用不着哭啊。"刘大侉子擦了擦眼泪，说道："我听了大人的教训，想起父亲在世时也常这样教训我，实在忍不住了！"说完，他长跪不起，泣不成声，哽咽道："大人是我父亲的故人，我就像大人的子侄一样。我宁愿不做官，跟着大人，伺候大人，常常听大人的教训。"署院见状，语气稍缓："你如果能听我的话，我自会保举你，怎会不让你做官？"接着，署院又转向商务局老总，严肃地说："你上次推荐的那家戒烟馆，到底靠不靠谱？怎么刘大人服用后，脸色反而更差了呢？"商务局老总忙道："我下去立刻调查，如果真的不好就命令停办，免得害人。"

当天，便有人将此事通知胡镜孙，提醒他小心。胡镜孙最近正春风得意，先是凭借关系获得了山东赈捐总局的募捐权，又借此机会弄到了一个五品官衔，两个封典[①]，五六个监生[②]的职位。听闻此消息，胡镜孙心下着急，想着之前见过两次藩台，便想走藩台的门路。但是他目前手头拮据，无法送礼，便想着送两个监生的名额。他将信交给门房，却始终未能得到藩台的传唤。

就在胡镜孙忐忑不安之际，突然收到上面的文件，指责他"借差事招摇撞骗，无耻钻营"，不仅撤销了他的职务，还要求他

① 封典：指皇帝给予官员或其亲属的荣典。

② 监生：指在国子监读书或取得进国子监读书资格的人。清代可以用捐纳的办法取得这种称号。

上交所有募捐所得。胡镜孙犹如被晴天霹雳击中，一时间不知所措。后来他费了九牛二虎之力，才勉强保住了戒烟会，得以继续经营生意。官场上又会出什么新鲜事情？且等下回分解。

第二十二回 叩辕门荡妇觅情郎 奉板舆慈亲勖孝子

自从代理巡抚傅署院上任，一转眼就过了半年。朝廷看他为官清廉，名声也好，便让他正式担任这个职位。一天，他办完公事回家吃饭，却只看到儿子，不见姨太太。他早年丧妻，儿子是姨太太所出，今年恰满十二岁。他开口询问，家中仆人都缄默不语，唯有儿子嘴快，说：“我妈躺在床上，从早上哭到现在。”傅抚院听了很是诧异，追问之下得知，今早有个姿色出众的女子，携一个七八岁左右的男孩找上门，声称孩童乃抚院之子。

傅抚院听了震惊不已，急忙去看望姨太太。姨太太今早听闻此事，气得差点晕过去，当下看见老爷，立刻放声大哭，数落道：“老不死的，表面上装正经，却在外面拈花惹草，还养了野种！”儿子欲上前劝慰，却被姨太太狠狠抽打，她边哭边说：“我们娘儿俩今天一起死给他看！反正你老子有了那个野种，也可以不要你了！”傅抚院怒不可遏：“我家乃书香门第，岂容一小妾如此撒泼！”说完，借机有公务要处理，赶紧离开了。

傅抚院召来心腹汤升，询问详细情况。汤升低声回答：“那女子称八年前与老爷您在京城相识，后来她怀了孕，您对她承诺说无论生男生女，孩子和大人都是您的。”傅抚院接着问：“那她为何要等七八年才找来？”汤升解释：“她说老鸨把她带到了天津，等她生完孩子，老鸨不准她离开，一定要她继续做生意。直到大前年她才赎身，又在天津做了两年生意，才攒够路费。”

傅抚院听后眉头紧锁，吩咐说：“你去警告她，如果再敢来捣乱，我便将她送交县里官府严惩。”汤升面露难色：“就怕她到处张扬，有损老爷清誉。我也威胁过要送她进衙门，她不但不怕，反而笑嘻嘻地说：‘我为他吃了多少苦，若真的有冤没处诉，我可要去告状了，县里不准就到府里、道里、司里去告，若在杭州打不赢官司，我索性到北京去告御状。’”

汤升建议老爷用钱把人打发掉，傅抚院却不愿花钱。汤升忽然想到一个法子：“外面有个人想求老爷保举，但因老爷不要钱，他不敢来送，我可以透露点风声给他，让他出面解决此事。”傅抚院应允了。果真，不到三天时间，此事便得以解决。那女人拿着讹来的六千两银子，心满意足地离开了杭州。

现在来说说这位想求抚院保举的人。他就是本省的粮道①，姓贾字筱芝，孝廉方正②出身，从知县一直爬到道员。他平生擅长逢迎，颇得傅抚院的喜欢，最近又出银子帮助傅抚院解决棘手之事，故而被举荐为河南按察使。

接到委任后，贾筱芝携家眷一同前去河南赴任。快到省城的

---

① 粮道：清朝负责管理粮食事务的官职。在清朝，粮道分为两种类型：督粮道和粮储道。督粮道主要负责监察收粮及督押粮盘，归漕运总督管辖。粮储道的职责包括收储和支放本省的兵粮，承办过省客人的迎送费用，有时还兼管盐法、驿传事务，称为粮盐道或粮驿道，归总督或巡抚管辖。

② 孝廉方正：清代选拔人才有两种，一种是科举，一种则是由皇帝下诏临时举行的推荐和考试，如博学鸿儒、孝廉方正等。孝廉方正是由地方官特别推选保举孝悌、廉洁等品行端正者，送礼部考试后任用。

时候，他特地对母亲说：“母亲还记得我之前去浙江粮道上任时，您教诲儿子的那番话吗？后面我们每到一个地方，还请您都当众说一遍吧。”接下来，每次快到目的地时，贾臬台就会先赶到店外恭候，一看到母亲的轿子便立刻跪地相迎。老太太坐在轿子里，叮嘱他要忠心为国，尽心尽职，报效朝廷。贾臬台则表示定会听从教诲，然后搀扶母亲下轿。迎接他的官员和围观的百姓都感慨，新来的按察使真是个大孝子。

贾筱芝上任后，凡需要他审理的案件，一定要询问犯人是否冤枉。若犯人喊冤，他就马上召集原告和证人到省里再审。然而，因为喊冤的犯人太多了，司里、府里、县里三处的监狱很快人满为患，省城的大小客栈亦被各地来的原告与证人挤满。

贾筱芝喜欢不时溜出衙门，微服私访。有天晚上，他看到街边坐着一个算命先生，便上前询问对方生意如何。结果对方开始大骂贾臬台，说自己本来在乡下教书，日子过得很好，却硬被当作证人带到省里，待了五个月都还没有结案，现在钱财耗尽，生活困顿。贾筱芝心中不悦，却不好发作，只得忍着气走开。想知道后事如何，且等下回分解。

第二十三回　讯奸情臬司惹笑柄　造假信观察赚优差

贾臬司回到家里，本想把那相士抓到衙门，好好惩处一番来泄愤，却因为忘记问相士的姓名和摆摊地点，无法将其缉拿归案，只能生闷气。

第二天，贾臬司开庭审理河南府呈报的一桩通奸谋杀案。此案证据确凿、案情明确。然而，当奸妇被带上堂时，贾臬司见她年轻貌美，竟然有些心神不宁，对其存了几分怜悯。他表示若她真有冤枉，可以照实诉说。这个女人见状，便顺水推舟改了口供，坚决否认通奸和谋杀的事情，将丈夫的死因归咎于医生误诊。然而，不管贾臬台如何费尽口舌，那女人除了连连呼冤外，一点儿证据也没有。无奈之下，贾臬台只好让人把那女人带下去，交给其他官员审问。

处理完此案后，大少爷就进来了。这位少爷前年捐了个道台，目前一心只想戴个红顶子[①]。他刚刚听到黄河决口的消息，觉得这是个升官发财的好机会，便急忙赶回家中，请求父亲帮他谋取河工总办[②]的职位。贾臬台听了儿子的话，心中自是欢喜。

就在这时，巡抚衙门来报，称郑州发生黄河决口，抚台急召司、道官员商议赈灾事宜。贾臬台立刻前往巡抚府邸。抚台大人把郑州来的电报给大家看了一遍，然后说："这真是运气不好，碰到了这种倒霉事。别的不说，十几个州县就有几十万灾民。河南这地方穷，哪里有足够的钱粮来赈济他们？现在请你们来，就是想商量一下，先给上海的善堂董事打个电报求援，让他们帮忙筹款赈灾。"大家闻言，都点头称是。

过了一天，朝廷的电谕下来了。指责他们因防范疏忽导致大

---

① 红顶子：清朝官员的官帽顶部饰物称为顶戴，不同品阶的官职对应不同顶戴颜色。一品为红宝石，二品为珊瑚，三品为蓝宝石，四品用青金石，五品用水晶，六品用砗磲，七品为素金，八品用阴文镂花金，九品为阳文镂花金。无顶珠者无官品。"戴个红顶子"指当上一品或二品官。

② 总办：清末新设置的官署或办事机构的主管人员称作督办或总办，副职称作会办，资格比会办略次的称作帮办。

灾，河道总督[1]和河南巡抚革职留任，其他官员一律革职戴罪立功。同时，朝廷拨下二十万内帑银[2]用于赈灾，并责令河南巡抚尽快选派人手前往灾区，设法修复决口。贾臬台得了这个消息，亲自到抚台那里替儿子谋求河工总办的职位。抚台表示他会尽力帮忙，但这个职位任用需要经过河督的同意。贾臬台替儿子谢了抚台，返回家中将此事告知大少爷。大少爷皱着眉头说："这事恐怕有点悬，河台肯定会委派他的亲信，我们还有希望吗？"贾臬台沉吟片刻，提议道："既然你担心，我们就打个电报给周中堂，让他出面帮忙。"

贾臬台口中的周中堂，便是现任的军机大臣。贾臬台这次升官，曾托人送了周中堂三千两银子，算是新拜的门路。大少爷觉得这个办法好，立刻拟了电报发出去。然而，周中堂的回电却令人失望，他表示与贾家并无深交，且工程浩大，恐贾大少爷难以胜任。看到回电，贾臬台只能作罢。

大少爷并没有灰心，他深思熟虑后，心生一计。第二天，贾臬台再次询问抚台，抚台说："你儿子的事情，我昨天已经给河台写过信了。河台这几天就要动身去下游视察，你儿子可以先去见见他。"得知这个消息，大少爷立刻动身，日夜兼程赶到了河督行辕所在地。到了之后，他并不急于见河督，而是先在朋友的住处安顿下来。他这位朋友是河督身边的红人，他提醒大少爷应该尽快拜见河督。

然而，大少爷却淡定自若，表示要先等京城的消息。在与朋友的交谈中，大少爷故意透露出他接到京城来信，暗示周中堂对

① 河道总督：又称"总河"，俗称"河台"，主要负责维护运河的通畅。

② 内帑（tǎng）银：国库中的银子，以及皇帝和皇室私有的财产，在关键时刻可以用于国家的应急需求。

河督有所不满。朋友听后心急如焚，担心河督职位不保，赶紧将这个消息告知河督。于是，河督为了巴结周中堂，也为了给自己留条后路，决定任命贾大少爷为下游总办。大少爷得知此消息后，知道自己的计策奏效了，心中暗自高兴，第二天就前往河督行辕致谢并接受委任。欲知后事如何，且等下回分解。

第二十四回 摆花酒大闹喜春堂 撞木钟初访文殊院

贾大少爷成功地欺骗了河台，如愿成为河工下游的总办。到了工地后，他开始筹谋如何进一步攀升职位。他深知，要想得到实权职位，必然需要花钱走后门。于是，他一上任便撤换了前任的几个采购委员，换上自己的心腹。此举自然引起了原总办的不满，但贾大少爷手段高明，最终还是将原总办调离，自己独揽大权。

汛期时水势猛涨，一不小心就可能冲开堤坝，导致黄河决口。但贾大少爷明白，只要能及时防堵，过了汛期，大水自然会退去。因此，他一方面拼命赚取不义之财，另一方面也确保自己管理的堤段在汛期内不出事。时间一晃而过，决口的水势逐渐平稳，修坝工程也终于完工。贾大少爷因此得到了朝廷的嘉赏，被加布政使衔。

办完差事回省不久，戴上红顶子的贾大少爷便迫不及待地启程进京，试图谋求更好的前程。到了北京后，他住进了一座大公馆，并开始四处拉拢人脉。他最先去拜访的，是周中堂和他存放银子的钱店掌柜黄胖姑。

周中堂见到贾大少爷，摆出一副高冷的样子。他只是简单地问起贾大少爷父亲的身体状况，以及他此番来京的目的，之后就直接送客了。贾大少爷出来后，立刻去找黄胖姑。黄胖姑因为体态肥胖，做事又婆婆妈妈，因此得了个“黄胖姑”的绰号。黄胖姑一见贾大少爷，就紧紧拉住对方的手，那份亲热劲儿简直无法形容。

两人坐下后，黄胖姑好奇地问贾大少爷今天都去拜访了哪些客人，贾大少爷回答说他刚从周中堂那里来。黄胖姑一听，神色立刻变得严肃起来。他告诉贾大少爷，说周中堂因为误保了一个人，惹得皇上很不高兴，差点丢了官职，现在虽然保住了官位，但可能会失去军机大臣的职位。因此，他建议贾大少爷以后少去走动，省得让人怀疑。

贾大少爷听后默然不语，黄胖姑看出他的心思，便说自己有几个朋友在朝廷里还能说得上话，可以帮贾大少爷办事。贾大少爷听后立刻转忧为喜，对黄胖姑表示了感激。

为了拉拢贾大少爷，黄胖姑立刻写帖子邀请了几位朝廷内外的朋友赴宴。这些朋友包括新科翰林钱运通、甲班主事王占科、宗室老爷溥四爷、银炉老板白韬光、琉璃厂书铺掌柜“黑八哥”以及古董铺老板刘厚守。在第二天的宴席上，大家互相询问姓名、职务等信息。当问到贾大少爷时，黄胖姑趁机介绍了一下贾大少爷的背景和前途。他夸赞贾大少爷年轻有为，是河工方面的专家，此次进京也是为了谋求更好的发展。然而，当王主事得知贾大少爷不是科举出身时，他的态度立刻发生了转变。他不再和贾大少爷说话，甚至显得有些冷淡。

贾大少爷为了活跃气氛，用眼神暗示黄胖姑给大家叫陪酒的人。很快，大家叫的陪酒都到了，气氛也变得热闹起来。贾大少爷这次叫的是一个俏俊小生奎官，很得他的喜欢。这边酒散时，溥四爷借口今日是奎官妈的生日，起哄让贾大少再在奎官家开个酒局。贾大少欣然应允。王主事和刘厚守称有事先行离开，其他人则一同来到奎官家继续喝酒。酒入欢肠，贾大少爷觉得浑身燥热，便索性将上衣脱掉。不料，贾大少爷狐臭严重，其他人被熏得难受，纷纷找借口告辞离去，最后只剩下黄胖姑一人还留在席上。

贾大少爷暗示想留下奎官过夜，但是奎官也被熏得难受，只是装作不懂贾大少爷的意思，主动提出要和黄大人一起送贾大少爷回去。贾大少爷一听此言，顿时大怒，将桌上的碗筷狠狠地砸了一地，还要动手打奎官。黄胖姑见状，连忙上前拉住贾大少爷，好言相劝，才避免了一场尴尬的风波。

为了缓解紧张的气氛，黄胖姑约贾大少爷去其他地方喝茶。黄胖姑询问贾大少爷此趟进京的目的，贾大少爷说自己打算走走门路，谋求更好的前程。他说："我在家的时候，总听父亲提及京城一个尼姑颇有势力，有一位公主都拜在她门下为徒，她的话在京城估计很管用。"黄胖姑很清楚这位尼姑，但是因为他自己想做贾大少爷这笔生意，便故意装作没有听说过此尼姑，还答应帮着贾大少爷打听。

第二天，贾大少爷继续出门拜访客人。当他去拜访父亲的拜把子好友都老爷[①]胡周时，竟意外打听到这个尼姑的信息。胡周告诉他，这个尼姑名字叫镜空，如果想找这个人，从前门沿着城

① 都老爷：明清时期对都察院长官的俗称。都察院主要负责监察、弹劾、风纪管理，与刑部、大理寺并称三法司。遇到重大案件，则要由三法司会审，亦称"三司会审"。

墙走，再转几个弯，应该就能找到她的住处。问到了地方名字，贾大少爷心中暗暗高兴。他告辞出来后，就立刻把胡都老爷的话一一告诉了车夫。车夫说声“知道”，便扬鞭驱车出发了。

不久，他们来到一个地方，门上悬挂的匾额上写着“文殊道院”四个大字。贾大少爷下了车，走进客堂，对执事的道婆说是专程来拜访镜空师父的。不一会儿，道婆引了一个老年尼姑出来。贾大少爷和这位老年尼姑交谈了几句后，才知道自己闹了乌龙，原来这位尼姑的法号叫“静空”，而非“镜空”。贾大少爷感到有些尴尬，但还是不失礼节，随手摸出一锭银子，送给老尼作为香火钱，然后匆匆上车离去。

在回去的路上，贾大少爷问车夫怎么知道这里。车夫回答说他以前伺候过户部谢老爷，跟着谢老爷来过这里两趟。他还告诉贾大少爷，庵里有两位年轻的姑子长得很漂亮，去年谢老爷在这里请客的时候，那两个小姑子还出来陪酒呢。听了车夫的话，贾大少爷心中一动，想着自己虽然经常出入风月场合，但还没有试过尼姑呢，改天倒可以约着黄胖姑一起来这个庵里玩玩。

回到住处，管家拿了两张帖子和一封信给贾大少爷。贾大少爷先看了两张帖子，分别是“黑八哥”和溥四爷的宴请邀约。接着，他拆开了那封信，是黄胖姑写来的。贾大少爷看着信的内容，脸色就开始变了。信里到底说了些什么，竟然让贾大少爷看完后吓得不轻？且等下回分解。

第二十五回 买古董借径谒权门 献巨金痴心放实缺

贾大少爷看了黄胖姑的信，脸色大变。第二天一大早，他就迫不及待地赶到黄胖姑的店里，询问：“你信里这位卢大人打听我是什么意思呢？”黄胖姑耐心地解释说：“这位卢大人早年在广东做官，后面进入翰林院，不久就补了都老爷的缺，今年又新升为给事中[①]。他和奎官是老相好，两人关系非常好。卢大人不仅替奎官赎身，还帮他娶媳妇、买房子。那晚是奎官妈生日，他也前往贺寿，正好碰着你在那儿发脾气。”

贾大少爷听了不免忧心忡忡，恳求道：“大哥你在京城人脉广，能否想个办法帮我疏通一下？花点钱倒不要紧。”黄胖姑听了心中暗喜，却故意装作犹豫的样子，缓缓说道：“虽说没有什么事情是钱办不成的，但是也要用在刀刃上才好。反正你此次来京也是为了寻求门路，不如索性花费重金去结识军机大臣。另外，黑八哥的叔叔在宫里当总管，是皇帝身边的头号红人。你如果能结识这位爷，即使是十个卢都老爷也奈何不了你。”

贾大少爷连忙询问接下来该怎么办。黄胖姑说：“今天黑八哥请你去致美斋赴宴，刘厚守也会出席，你可知道刘厚守是何许人吗？”贾大少爷回答：“他是古董铺的老板。”黄胖姑笑道：“你也太小看他了！你知道他背后的靠山是谁吗？就是军机大臣华中

① 给事中：清朝监察官，对于重要政务和官员的行为都有权进行监督和弹劾。

堂。你先去照顾他的生意，买了古董自然有你的好处。”接着，黄胖姑又补充道：“华中堂的路要走，但军机处其他人也要结识。你别舍不得那点钱，我保证你只赚不亏。”贾大少爷听了，自然对黄胖姑感激不尽。当日中午，黄胖姑和贾大少爷一同前往致美斋赴宴。席间，贾大少爷对刘厚守和黑八哥两人非常殷勤。饭后，当刘厚守提出要回店铺时，贾大少爷便同黄胖姑一同跟随前往。到了刘厚守的古董铺后，贾大少爷精心挑选了几样古董，并明确表示打算将这些古董孝敬给华中堂。刘厚守透露道：“这位老中堂最恨人家送他钱，你若是送钱，他一定会生气。但他爱古董，你送古董他肯定喜欢。”几件古董的要价高达一万多两银子，贾大少爷觉得有些贵，刚开口试着讲价，黄胖姑便悄悄拉他的衣裳，贾大少爷心领神会，立刻爽快付钱了。

黄胖姑向刘厚守提及贾大少爷的事情，刘厚守推托了一番，最终还是答应帮忙在中间牵线搭桥。他提出，按照规矩，除了准备礼物，还应该再送八千两银子以示诚意。当天晚上，礼物和礼金便送进府了，随后传来消息，华中堂约贾大少爷于次日下午前去拜见。

黄胖姑和贾大少爷见事情都已办妥，便起身告辞。当晚，他们一同前往溥四爷的宴会。宴会结束后，黄胖姑又匆匆赶到贾大少爷的住处，劝他再拿出几千两银子来，用以打点其他三位军机大臣，确保事情更加稳妥。贾大少爷觉得他说的有理，便把一切事都委托给黄胖姑办理。两人商定，第二天先去华中堂府邸拜访，再依次拜见其他三家军机大臣，最后托黑八哥带他去见其叔叔。

第二天，贾大少爷前往拜访华中堂。他知道这位华中堂在军机处权力最大，又深受皇上青睐，因此心里非常紧张，见面时手里都捏着一把汗。华中堂却表现得十分谦和，随意询问了几个问题。贾大少爷唯恐自己说错话，不敢多言。中堂见他无话可说，便端茶送客。贾大少爷离开后，又急忙去拜见另外三家军机大臣。

在四处拜访的过程中，贾大少爷已经花费了三万多两银子，虽然都见到了人，但并没有进一步拉近关系。他心里着急，便去询问黄胖姑。黄胖姑劝他不要着急，又说黑八哥叔叔那边已经谈好了，先送二万银子去见一面，如果要安排官职再进一步商量。第二天，黑八哥便带着贾大少爷进宫去见黑大叔。黑大叔架子摆得很大，简单聊了几句便让贾大少爷退出去了。

这时候，离皇帝引见的日期已经很近了。贾大少爷一天到晚都忙着访亲拜友、参加宴请，希望能多结识人脉。一天，他顺路去了黄胖姑的店里。黄胖姑一见面就说："我正想去找你，眼下刚好有个好机会。上头有个园子已经修了一半，但是还缺不少钱。老弟你不是想弄个实缺吗？趁这个机会报效上去，黑大叔那里我们是熟人，他自然会替我们说好话。"

贾大少爷听了很高兴，问道："要报效多少银子呢？"黄胖姑回答："报效的钱一万就足够了。打点朝廷里的人，再有十万也够了。现在只要你再凑十万，我保证你得到实缺。"贾大少爷这次上京带的十万两银子已经花了大半，便想让黄胖姑担保替他去借。黄胖姑听后，不慌不忙地说出了一个人来，声称此人能够帮助他们解决眼前的难题。黄胖姑推荐的这个人究竟是谁？且等下回分解。

第二十六回 模棱人惯说模棱话 势利鬼偏逢势利交

贾大少爷为打点关系急需十万两银子，想找黄胖姑帮忙借钱应急。黄胖姑提及一个人，就是上次黑八哥请客时遇到的时筱仁时太守。这位时太守家境殷实，这次来京城也带了十几万两银子想用以打点关系，谁知道原先保举他的大臣因为克扣军饷、保举不实被革职治罪。消息一出来，时筱仁吓得门都不敢出，别说去拜见皇上，连客都不敢见，整天躲在店里。

黄胖姑消息灵通，知道此人有钱且一时用不了，就拉他借钱给贾大少爷。黄胖姑两边游说，一边劝时筱仁将钱以低利息借出去，一边又让贾大少爷以高利息借钱。这样一进一出，黄胖姑从中赚了一笔不小的利润。

到了引见的那天，贾大少爷和同班的其他官员在外面等了三四个钟头，才被带进去觐见皇帝。他们跪在大殿上，逐一陈述自己的履历。一切很顺利，贾大少爷很快就接到了圣旨，被发往直隶补用，并交军机处存档记录。

这几天，黑八哥和黄胖姑都催促贾大少爷赶紧把孝敬的银子送出去，这样一旦有实缺，黑大叔就可以帮着打招呼。贾大少爷算了算，连之前剩下的和新借的总共有十三万五千两银子。他计划替上头修园子报效二万两；孝敬黑大叔七万两；孝敬四位军机二万两；二万用来感谢一切经手的人员；剩下的五千作为自己在京的开销。贾大少爷心下满意，认为这十几万两银子花出去，估计不到三个月便可以得到官职了。

再来说贾大少爷来京后首先拜访的周中堂。他因保举错了人，已经退出了军机处。他虽然请假在家，但还是天天看京报。有一天，他看见贾大少爷奉旨发往直隶补用的消息，便打算第二天中午宴请时叫上此人，这样临走的时候还可以问他借两百两银子。主意打定后，周中堂就多发了一张请柬给贾大少爷。贾大少爷看到请帖，却心生烦恼。他正打算明天中午宴请黑八哥，于是便直接推说身体不适，无法赴宴。

贾大少爷忙着写信约黑八哥，黄胖姑那边则拿着七万银子的银票和二万银子的报效费用，托黑八哥去求其大叔帮忙。八哥一算只有九万两银子，当即表示，若想找叔叔帮忙，没有十万两银子作为酬谢，实在难以启齿。黄胖姑一听这话，连忙解释说贾大少爷当下实在是资金紧张。黑八哥听了，顿时露出了不悦的神色。恰好此时，贾大少爷的请帖送到。黑八哥看完随手就扔了。黄胖姑见状，赶紧作揖、赔笑，费尽口舌才勉强说服黑八哥同意赴约。

宴席上，贾大少爷说非常感激黑大叔的栽培，希望能有机会当面致谢。饭后，黑八哥进宫，顺便把贾大少爷的心意转达给了他叔叔。起初，黑大叔并不想见这个人，但是看在黑八哥的面子上，还是同意在两天后安排一次会面。黑八哥得到肯定答复，如同接到圣旨，急忙出宫传达好消息。

贾大少爷得知消息后，自然也是激动万分。这时，管家拿着一张名片进来，说是候选知县包松明前来拜访。贾大少爷并不认识这个人，但此人自称是华中堂推荐他来找贾大少爷，便吩咐将其请进来。见面后，包松明表明来意，说是听闻贾大少爷即将升迁，特来投奔。他还透露说中堂大人对贾大少爷之前送的烟壶极为喜欢，想再找一对一样的。

送走包松明后，贾大少爷立刻将此事告知黄胖姑。黄胖姑听完后提醒说，中堂恐怕还想再要一对同样的烟壶。贾大少爷一愣，随即赶到刘厚守的铺子，打算再买一对同样的烟壶。刘厚守故意面露难色，表示这样的烟壶很难找到，但最终还是拿出了一对与之前一模一样的烟壶，却开出了八千银子的高价。尽管贾大少爷觉得价格过高，但为了讨好中堂，还是咬咬牙买了下来。

一切都安排好后，贾大少爷才回到住处。刚刚离开前，他已经吩咐管家，将王师爷的房间腾出来，让包松明入住。但是因为王师爷这天外出，管家不敢擅自移动其物品。贾大少爷因此动怒，训斥了管家一顿，并亲自来到王师爷的房间，动手掀他的铺盖，管家们只好在旁帮忙。直至亲眼见到为包老爷准备的床铺收拾妥当，贾大少爷才离去。

这位王师爷原本是杭州的一个秀才。贾臬台很赏识他的才华，就一直留他在衙门中任职。后来，贾大少爷进京，贾臬台便派他随行，协助处理书信与请柬等事务。然而，王师爷性格固执，且说话带有乡音，贾大少爷不太喜欢他。刚刚贾大少爷动手掀他铺盖，正好被刚刚回来的王师爷从门帘缝里看到，顿时怒火中烧。欲知后事如何，且等下回分解。

第二十七回 假公济私司员设计 因祸得福寒士捐官

王师爷从外面回来，正好看到贾大少爷动手掀自己的铺盖，心里气愤，就一个人出门在街上转悠。突然，有人从背后轻轻拍他的肩膀。王师爷回头一看，原来是同乡王博高。王博高和王师爷都是杭州人。王博高在户部当官，因没有家眷在京，就住在同乡会馆里。而王师爷在京城里朋友不多，平时闲时，也总喜欢去会馆逛逛。因此，两人几乎每天都能见面，彼此关系很好。

王博高见王师爷一副心事重重的样子，关切地询问他是否遇到了什么烦心事。然而，王师爷却一言不发。见状，王博高便将王师爷带到自己会馆的房间里。一进屋，王师爷忍不住内心的苦楚，痛哭起来。王博高再三询问，王师爷才把事情一五一十地说了出来，还再三叮嘱王博高不要声张，怕同乡们知道了笑话他。

王博高听完，气得火冒三丈，决定要为同乡出头。他立刻叫来管家，吩咐他去贾大人家里，把王师爷的行李全部搬过来。不一会儿，管家就带着行李回来了，还转述了贾大少爷的话，说王师爷是自己辞职的，所以不会给他路费。这话让王博高更加怒不可遏，他愤愤地说："他太瞧不起我们杭州人了！明天我就把这事告诉徐老夫子，看他贾润孙在京里还站不站得住脚！"徐老夫子正是前面提到的一位军机大臣，也是杭州人。杭州人都把他当作靠山，但其实这徐老夫子除了爱钱之外，别的事情是一概不管的。

第二天，王博高找到徐大人，把这件事一五一十地和盘托出。

徐大军机听完，沉默了一会儿，才慢悠悠地说：“王博高啊，现在这世道最忌讳的就是强出头。你这一闹，万一王师爷的饭碗没了，他在京城怎么生活？回去的盘缠又怎么办？同乡人在京城的很多，倘若都要帮忙，你我这几两俸银是不够的。”

王博高听了徐大人的话，心里默默盘算着。他清楚徐大人除掉银钱二字，其余都不在乎。他已经打听到贾润孙如何同华中堂往来密切，如何孝敬黑大叔，于是开口说道：“不瞒老师说，姓贾的非但瞧不起杭州人，而且连老师都不在他眼里。”然后，他把贾大少爷如何花重金走刘厚守门路，如何买古董孝敬华中堂的事情都一一道来，最后还透露，贾大少爷给徐大人的银子，同他孝敬华中堂和黑大叔的相比，简直是小巫见大巫。徐大军机越听越气，面色都发了青。他愤怒地说道：“他送华中堂多少，能少我一个子，叫他试试看！”第二日在军机处，徐大军机还因此事当场和华中堂起了争执冲突。再度来访的王博高看到徐大人如此愤怒，便小声说出自己的计划。徐大军机听后，连连点头表示赞同。

王博高拿着徐大军机的折子，直接去钱庄找黄胖姑。黄胖姑接过折子，仔细一看，竟然是参贾润孙的折子，上面详细列举了贾润孙的种种不法行为，如浮开报销、滥得保举、生活糜烂、任意招摇等。折子还附上了一张单子，清晰列出了送给总管太监、中堂、军机等人的钱财，而这一切都是经由黄胖姑之手。黄胖姑深谙官场之道，一眼便看出这是有人想借此机会敲竹杠。他对王博高说：“折子上说得有些夸张，我相信事情尚有挽回的余地，不如就请你帮忙到底吧。”王博高听了忍不住笑了起来，连声称赞：“黄老兄真是个爽快人。”

王博高离开后，黄胖姑立刻派人找来贾大少爷。贾大少爷一听这个消息，吓得半天说不出话来。黄胖姑告诉他，如果想摆平这件事，至少需要五千两银子。贾大少爷想着自己所剩不多的银子，不免心疼。然而，考虑到自己的前程，他只能无奈接受。

王博高再次来到钱庄询问结果，又说道："这件事是由贾大少爷的一个杭州朋友王某挑起的。如果参奏不成功，王某还要去告御状。徐大军机的意思是，劝贾大少爷拿两千银子出来，给王某捐个京官，这样他就不会再和贾大少爷为难了。"黄胖姑听了，也只能点头应允。

虽然这件事情最终得以摆平，但还是让华中堂和徐大军机之间起了隔阂。华中堂即使有心要照顾贾大少爷，也不敢公然行事。而贾大少爷却自以为已经打通了所有关系，整天沉迷于吃喝玩乐之中。

两个月过去了，放缺的消息仍然遥遥无期。与此同时，那笔十万两银子的借款也即将到期。黄胖姑每天都派伙计来催促贾大少爷还款。贾大少爷急得团团转，向河南的老太爷和好友们发电报筹款，但只收到了一个兄弟寄来的五百两银子。

到了该还钱的日子，黄胖姑一大早就派人去守着贾大少爷，一步都不离开。贾大少爷发现自己根本溜不掉，只能苦苦哀求黄胖姑再宽限一下。黄胖姑看他实在没办法，只勉强同意再宽限他一个月。不过，黄胖姑却趁机增加了利息，并派人跟贾大少爷去河南取钱。欲知后事如何，且等下回分解。

第二十八回　待罪天牢有心下石　趋公郎署无意分金

借给贾大少爷十万银子的那个时筱仁，这次进京本想疏通关系捞个实缺，却因原保荐大臣舒军门被革职查办，只能暂时躲起来避避风头。再说这位舒军门。他在广西带兵的时候，每年私吞的军饷足有一百万两银子。然而，他在外面挥霍无度，却从不顾家，这些年也没攒下多少钱。家眷听闻消息后，匆匆赶到京城，但是他太太不经事，小少爷也只有十二三岁，一家人住在客栈里坐吃山空，很快便只能靠变卖物品维持生计。他们现在失势，又有谁会来关心他们的境遇呢？

舒军门在被押解进京的路上，东拼西凑，筹集了三千两银子。到了监狱，他打听到提牢厅的司官老爷史耀全是老友的儿子，当下宽心不少。很快，史耀全前来探望，承诺会将一切打点好。舒军门把筹集到的三千两银子交给史耀全。史耀全嘴里说着不要，手却已经接过了银票，顺手点了一点，发觉只有三千银子，便又将钱交还给舒军门，说了声“老世叔放心”，便扬长而去。史耀全离开后，狱卒把舒军门领到一个宽敞的三间厅，然而屋内空空如也，连张睡觉的床都没有。

舒军门此次被押解到京城，随身仅带了三人。其中，老仆人孔长胜和差官王得标比较忠心，而另一个差官夏十，在军门出事后一直牢骚满腹。孔、王两人将烟具、行李收拾妥当，准备送进监狱，却被门口的禁卒拦下。他们回想起舒军门入狱前曾叮嘱他们，到京城后可去寻找开镖局的涿州卢五。卢五为人豪爽仗义，早年间是个马贩子，因向舒军门的军营提供马匹而发家致富。孔、王二人发现军门入狱后内外消息隔绝，便急忙前去找寻卢五。不巧的是，卢五几天前因事离京，但他临走时已将舒军门的事情托付给了结义兄弟耿二。

耿二闻讯后，立即前往监狱，会见了史耀全，答应明日再交三千两银子。衙门这才允许舒军门的手下人带着烟具和铺盖等日常用品进入监狱。自此以后，孔、王二人便时常进牢探望舒军门，为他送去必需品，所有费用均由卢五的镖局承担。孔、王两人趁探望之机，详细询问了军门与其他人的交情以及银钱往来的情况，以便设法为他寻求帮助。舒军门提到了时筱仁。于是，舒太太便带着儿子和孔、王二人，一同找到时筱仁请求援助，希望能暂借五千两银子以渡难关。然而，时筱仁却叫苦不迭，声称自己如今也受牵连，不仅所带费用已全部用尽，还欠下了不少外债。

舒太太非常失望，私下里不免抱怨时筱仁“明明很有钱财，却这么小气”。夏十无意间听见这些话，不由动了心思。自从跟随军门进京后，夏十便一心盘算着另找靠山，“择木而栖”。他悄悄来到时筱仁的住处，将舒军门这些年在广西违法乱纪的事情毫无保留地一一揭露，甚至连舒太太在背后骂时筱仁“忘恩负义”的话也说了出来。说完之后，夏十给时筱仁请了一个安，表态道：“我情愿做牛做马，来伺候大人。”

时筱仁听完夏十的一席话后，心中暗自思量。他心想，这或许是一个洗清别人说他与军门一党有关联嫌疑的好机会。于是，他向夏十承诺，只要夏十愿意合作，他每月都会送银子给夏十作为报酬。等到事情解决后，他还会将夏十招进府中重用。夏十听了这话，立刻趴在地上磕头感谢，暗自庆幸自己终于找到了一个更好的靠山。

等夏十走后，时筱仁恐怕忘记，拿了纸笔将夏十所说全部记录下来，作为将来告发军门的证据。然而，他又怕惹上麻烦，思前想后，决定先找黄胖姑和黑八哥询问意见。黄胖姑听完，沉吟片刻，然后告诉时筱仁："宫里的黑总管和外头的华中堂都曾受过舒军门的孝敬，你现在去碰军门的事情，恐怕会惹来不必要的麻烦。如果你真想谋取一个好职位，最好还是花钱另外疏通关系。"时筱仁听后觉得有理，连忙问该如何疏通。

黄胖姑建议他去找徐大军机，又推荐了一个人给他认识。这个人就是徐大军机的同乡兼部下王博高，目前很受徐大军机的重视。时筱仁问要多少银子才能办成这件事，黄胖姑说要预先准备十万两银子。因为时筱仁的钱已经借出去了，一时还拿不回来，黄胖姑便表示可以先借他银子救急，但是要算利息。

接着，黄胖姑带时筱仁去找王博高。见面之后，王博高便告诉时筱仁一个消息："我的朋友傅子平的亲家毕都老爷已经写了一个奏折，要参劾十几个人，其中就有你的名字。"时筱仁听闻大吃一惊，连忙请黄胖姑和王博高帮忙想办法。他们三人经过一番商议，最终议定了一个方案。时筱仁给徐大军机五千两银子的见面礼和礼金，给毕都老爷三百两银子，再给傅子平送五十两银子。王博高答应会尽力去办这件事，让时筱仁放心。

其实，这位傅子平只是一位在京城候补多年的穷官员，这次只是被王博高叫来演戏而已。事后王博高也只给了他四两银子作为报酬。但对于傅子平来说，这四两银子也是不小的帮助了。时筱仁最终能否如愿？且等下回分解。

第二十九回 傻道台访艳秦淮河 阔统领宴宾番菜馆

徐大军机非常讨厌舒军门，以至于连舒军门保举的人也都一并厌恶。幸运的是，时筱仁已经通过王博高的关系，得以走通徐大军机的门路。王博高了解老师的脾气，便提前为时筱仁美言，后又及时送上时筱仁的见面礼。徐大军机看到礼物和礼金，对时筱仁的态度立刻有了很大的转变。接着，在黄胖姑的安排下，时筱仁又向华中堂和黑大叔二位送上了丰厚的礼物。最终，经过一番周折，时筱仁成功谋得了江苏省的一个实缺职位。

在京城的各项事务处理妥当之后，时筱仁坐火车离开了京城。途经天津时，他特意去拜见了直隶制台[①]。制台邀请时筱仁第二天共进晚餐。酒席上，时筱仁结识了另一位即将去南京上任的江南候补道台佘小观。时筱仁本来想和佘小观结伴同行，没想到佘小观因眷恋一位叫花小红的相好而迟迟不愿离开。时筱仁只得先行南下。佘小观又在天津逗留了好几天，等到实在拖不下去的时候，才与花小红挥泪告别。

江南是富饶之地。这里很多功勋大臣的子孙们，凭借父辈余荫，一直过着娇生惯养的生活。这些人既不能文也不能武，整日无所事事。幸好朝廷允许捐官，除了总督、巡抚、布政使、按察使这些高级官职之外，其他官职都可以花钱购买，有些人甚至为

① 制台：即总督。清代为地方最高长官，统辖一省或二三省，综理军民要政。

襁褓中的孩子也预先捐个官位。即使是那些舍不得出钱捐官的人，也往往能够凭借亲戚故旧的保举而任职。因此，江南地区的道台数量竟然越来越多。

再说佘小观佘道台。他父亲也是个有名的人物，曾经做过提督①。父亲去世后，朝廷感念他父亲的功勋，就赏给他一个道台的职位，这已经是“特旨道”了。加上他本是举人出身，按资格早就应该委任实缺了。无奈的是，他父亲虽然官居提督，但去世时没留下足够的钱财用以打点关系。这次还是因为两江总督跟他父亲也有交情，才让他到江南候补。

佘小观这人有三大爱好。第一是打麻雀牌，第二是谈论时务。他讲话总是带着些维新的习气，不免有点惹人厌。正因为如此，他明明是“特旨道”，但在京城里等了两年多都没有得到实缺。他的第三个爱好就是嫖妓。他对感情特别投入，一旦跟哪个姑娘好上了，恨不得把心都掏出来，甚至会借钱来讨好对方。

到省后没几天，佘道台就结识了五位候补道，分别是牙厘局总办余荩臣、学堂总办孙国英、洋务局会办潘金士、保甲局会办唐六轩以及旗人乌额拉布。他们六人经常聚在一起，玩时下流行的麻雀牌。除了上衙门办公事外，他们几乎是整日整夜地打牌。

目前的江南总督年纪大了，生平最信奉“养气修道”，每日都花很多时间打坐修行。遇到疑难的事情时，他就去占卜问卦，然后按照卜卦的指示来办理。虽然总管着三省的事务，他却像无所事事一样逍遥自在，下属的官员们也乐得自在。

一日，众官员上院议事。总督先是按照惯例谈了几句公事，然后提及昨晚老祖希望他再寻两位仙童。说着，他抬眼环顾各

① 提督：全称为提督军务总兵官，掌管一省军权，官阶从一品，称得上是封疆大吏。

位司、道大人，目光落在孙国英身上。这位孙大人绰号“孙大胡子”。总督见其胡子飘飘，颇有神仙之姿，便询问他是否愿意随老祖学道，一同升天。孙大胡子平素喜好打麻将、嫖娼，闻言大惊，连忙找借口婉拒。总督再看其他人，要么一脸烟气，要么纵欲过度，实在找不到合适的人选，只得作罢。

这天晚上，羊紫辰统领设宴于金林春，邀请孙大胡子等众多相识的官员为刚从武昌来的章统领章豹臣接风。章豹臣想在两江谋个职位，羊紫辰担心对方占了自己的位置，便极力拉拢他。二人结拜为兄弟，羊紫辰还托人做媒，想把自己二女儿许配给章豹臣的大公子。

宴席的场面摆得很大，几乎为每位赴宴的官员都叫了相好。章豹臣叫随从去各处结账，却发现羊大人早已付清款项。这场宴席让新来的章豹臣在南京城里一下出了名。欲知后事如何，且等下回分解。

第三十回 认娘舅当场露马脚 饰娇女背地结鸳盟

羊紫辰统领自从调到南京统帅防营后，便借着裁汰老弱的名义，削减了两三成兵力。不过，旧兵走了，他却没有补充新兵。每当总督要检阅军队时，他不是临时招募士兵，就是通过一些手段应付检阅。除了靠吃空饷赚钱，他还通过卖营官职位来谋取私利。

此时，一个曾在江阴带过炮船的哨官[①]，被上级撤职后，跑到

① 哨官：哨官和营官都是清朝对武官的称呼。绿营兵百人为一哨，五哨为一营。

南京来另谋出路。这人叫冒得官，原本只是一个长随[1]，当差期间攒了些钱。有一天，他去烟馆抽烟解闷，看见馆里进来一个身材魁梧的大汉，脸黑黑的，形容枯槁，却显出一副雄赳赳、气昂昂的精神。店小二上前驱赶此人，大汉叹了口气说："我运气不好，才落魄到这地步。要讲身份，别说你这个跑堂的，就是泰兴县的县太爷，跟我比也差了好几级呢！"

冒得官听了心生诧异，看这个人的气派绝不是寻常人，便请他在烟榻前坐下。这时，冒得官才发现大汉后头还跟着一个人，大汉说是他的外甥。大汉说自己在打太平军时立过战功，一路保举做到了花翎副将的职位。然而，叛乱平定后，他却很快被裁撤。如今他穷困潦倒，身上除了两件破衣服，只剩当年得的奖札和饬知[2]，就琢磨着拿这些换几个小钱以维持生计。冒得官心里一动，他在官府待过，认识奖札、饬知，一眼便看出这些都是真的。于是，他询问大汉要多少钱才肯出售这些奖札和饬知。大汉开价一百五十块，但经过冒得官的再三讨价还价，最终以三十块钱的价格成交。

之后，冒得官就向主人请假，另外走了门路，凭借买来的奖札和饬知，在江阴谋了一个炮船管带的职位。他干了三年多，居然一直没有人看出破绽。一次，上级调他们到别处去拿盐枭。有天晚上，满船的人都睡着了，盐枭居然上船把船上的帐篷、军器全偷了。冒得官从睡梦中惊醒，出来探望。有个盐枭照着他的脸放了一声空枪，把他吓得跪在船板上边磕头边喊"大王饶命"。

事后，他反而责怪地方官缉捕不力，说自己被强盗打劫了许多东西，要求知县赔偿。知县派人调查后得知是盐枭所为，并非

① 长随：官府里雇佣的仆役。

② 饬知：一种旧时的公文，用于上级官署通知下属。

强盗打劫。冒得官却不听解释，非要知县负责。知县无奈之下将此事上报给提督。提督听后大怒道："本应是他去抓盐枭，反被盐枭打劫了，这种人要他何用！"立刻下令撤了他的职务。

冒得官被撤职后，便来到了南京。他任职期间赚了些钱，一到南京就四处寻找复官的机会。有人告诉他："现在羊统领最有权势，你若能攀附上他，弄个营官当非常容易。不过，讨好统领还不如讨好他的姨太太。统领事情多可能会忘记，但姨太太会早晚在一旁替你催办差事。"

于是，冒得官上下打点，最终和杨统领最得宠的那位姨太太攀上了关系。这位姨太太收了钱，承诺帮冒得官谋得一个好职位。姨太太的方法很简单，就是拉着统领的胡子撒娇，要统领立刻给冒得官一个好差事，否则绝不松手。统领无奈，硬是以"营务废弛"为由，撤换了护军右营的一位管带，转而让冒得官接替其职。

冒得官上任第一天，看到一个哨官很面熟，那哨官也频频抬头看他。点完名后，这位哨官找到冒得官，也不管周围是否有人，开口就说："大人，你怎么连我都不认得了？你这个官，不是在烟馆里花三十块钱从我舅舅那里买的吗？"冒得官气得脸色铁青，立刻命令左右将其赶出去。

一日，冒得官正和大小将官们升帐议事时，朱得贵突然站出来，恭敬地对冒得官叫了声"娘舅"，接着又从人群里拉出一人，说："这是我娘舅的小弟。"大家一看，这位小弟已经胡须雪白，而所谓的"大哥"冒得官不过三十多岁，心里清楚其中一定有猫腻。冒得官的怒火瞬间爆发，当场与朱得贵扭打在一起。

不料，此事竟传到了制台的耳中，他吩咐羊统领彻查此事。羊统领让冒得官呈上以往的功牌和奖札，看后冷笑着说了一句："你的本事真不小啊！还没出生就已经为皇上立下了这么多功劳！”言罢，便端茶送客。

冒得官返回家中，整日对着妻儿唉声叹气。他有两位太太，一位是原配，育有一儿一女，女儿十七岁，儿子十一岁；另一个则是“二婚妇”。这两位太太关系一直很糟。得知此事后，二婚妇心生一计，向冒得官建议，统领这人最是好色，如果冒得官愿意将女儿送去做他的妾室，统领定会放他一马。冒得官沉思良久，觉得似乎别无他法。他来到女儿面前哭诉，声称若不如此，他只剩寻死一条路了。女儿感慨自己命苦，也只能哭着应允了。

见女儿应允，冒得官心生欢喜，随即找到统领的一个小跟班，让他去统领那里做个媒，暂时先不透露是自己的女儿。小跟班收了银子后，在统领面前将女子夸得天花乱坠。统领一听，当即决定当晚便前往。接下来会发生什么？且等下回分解。

第三十一回 改营规观察上条陈 说洋话哨官遭殴打

当天晚上，羊统领便宿在冒小姐屋里。次日天明，他起床时见冒得官跪在外面，心中顿时明了，连忙说道：“你的好意我都明白。”后面，羊统领在总督面前极力为冒得官辩解。总督因忙于修道，便不再过问此事。

羊统领在南京与人合伙开了一家店铺，店老板外号“田小辫子”。这些年，田小辫子赚了不少钱，突然对做官产生了浓厚的兴趣，于是花钱捐了个道台的官职。第一天上院，田小辫子随其他官员一同拜见总督。他事先反复练习过这些礼节，并没有出现太大的差错。然而，他有个坏毛病，就是爱抢话。无论总督说什么，他都要抢着发表自己的意见。

当总督指责一位知县提交的建议全是书生之见、纸上谈兵时，田小辫子又忍不住插嘴，说自己曾经提过几条建议，连羊统领都赞叹不已。总督随口让他明天把这些建议呈上来。回府后，田小辫子立刻把以前店里专门负责写信的朋友请来，两人一起写了又改，改了又写，耗费了整整十六个小时，才好不容易写出了一个手折。

第二天，田小辫子兴冲冲地去见总督，准备呈上自己的建议。然而，总督感冒了，一连五天都暂停会见客人。到了第六天，总督的病情稍微好转了些，让两三个跟班扶着，勉强出来会见客人。田小辫子跟着一班司、道官员进去觐见。大家都关切地问："老帅今天身体好多了吧？"总督回答说："病是好了，就是觉得没力气。我这个年纪也不算大，怎么病了一场就这么没精神了呢？"

别人还没开口，田小辫子就抢着说："老帅白天忙，晚上也忙，人的精神哪里经得起这么消磨啊！"总督有十一个姨太太，听了这话，一时误会了田小辫子的意思，便解释道："我虽然姬妾多，但这两年常在老祖身边服侍，一直吃斋，怎么还会生病呢？"田小辫子连忙接口："我说的是老帅每天忙着处理的公务，不是……"说到这里，他也卡壳了，不知道该如何继续解释。

总督见他说话太冒失，心里有些不自在。他正想端茶送客，田小辫子却突然站起来，双手将一个折子递给他，说："这是上次老帅吩咐我写的建议，请老帅过目。"制台强打精神，接过手折，挣扎着大概看了一遍。藩台怕他太劳累，便说："大帅刚病愈，这些事明天再斟酌吧。"谁知田小辫子却说："大帅，建议不多，就四条。"制台已经有些头晕眼花，便说："你直接跟我说吧。"田小辫子心下得意，立刻洋洋洒洒地讲起来。他只顾自己说得高兴，却没注意到制台的脸色已经越来越难看了。突然，制台打断他的话，怒骂道：“这种胡说八道也能当作建议来提！传出去岂不是笑话！”

其他官员见总督真的动怒了，担心他身体受不了，便纷纷告辞。田小辫子也只好跟着大家一起离开。走到外面，同僚赵元常劝他要少说话。田小辫子反而抱怨说：“这本来就是大帅问我要的，也没必要发这么大火。我虽然官小，但也是个道台，花了一万多两银子买来的官职！”赵元常是羊统领的好友，他出言相劝本是为了羊统领。见田小辫子如此不懂事，他也不想再多说什么了。

一天，羊统领闲着无事，便请了几位道台朋友一同打牌、喝酒。席间，大家正谈笑风生，突然外面进来四五个人，为首的一个浑身湿透，头上扎着白手巾，手巾上还沾着许多鲜血。他一进门就“扑通”一声双膝跪地，向羊统领哭诉：“我这么多年从未误过差事，如今凭空来个外国上司，仗着洋人的势力打人，求军门替我做主！”

羊统领闻言，连忙询问他的身份和事情的经过。那人自称叫龙占元，是新军左营的哨官。五天前，他奉了营官的命令，同翻译一起去迎接洋教习，可是一连等了五天都没见到人。今天下大雨，他以为洋人不会来了，便跑到朋友家去躲雨。没想到洋人竟然来了，他赶去迎接，不料却被对方用马棒打伤。羊统领便又问随行的翻译。翻译回应道：“今天下雨，洋人在等待时行李被打湿，所以心情很不好。偏偏龙占元想要讨好外国人，不懂外语又要装内行，外国人说什么，他都回答‘yes’，彻底把洋人惹怒了。”

羊统领听完这番话，双眉紧锁，沉声道：“营官派你去接洋教习，你却跑去躲雨。你自己做得不好，外国人打你也是应该的。”接着，他又吩咐翻译：“回去告诉营官，这个人不仅要撤职，还要重办！”龙占元一听急坏了，忙跪在地上磕头认罪。羊统领冷冷地说：“如果三天之内外国人不来找麻烦就算了，如果他有一言半语，你来负责！”龙占元无话可辩，只好又磕了一个头，含着眼泪离开了。欲知后事如何，且等下回分解。

第三十二回 写保折筵前亲起草 谋厘局枕畔代求差

羊统领因龙占元无端惹事，激怒了洋教习，心中惴惴不安，唯恐洋教习找上门来理论。这也使得原本热闹的宴席变得索然无味，众人都意兴阑珊地草草吃完饭，各自散去。过了两天，见洋教习并未找上门来，羊统领心中的大石才终于落地。此时，营官又来找羊统领求情，希望能保留龙占元的差使。羊统领看在营官的面子上，暂时免去了他的撤职处分，只记了三次大过。

这日，羊统领又在钓鱼巷摆了一桌酒席，所请的客人除了上次打牌喝酒的那几位，又增加了两位新客人：一位叫赵尧庄，是总督的幕僚，据说总督的奏折都是由他代笔。赵尧庄官职不高，但架子极大，只有道台以上的官员请他吃饭他才可能赏光，因此得了一个“赵大架子”的绰号。另一位新客人姓胡号筱峰，一直在父亲手下当少爷，刚刚捐了个道台。胡筱峰一天到晚坐立不安，说起话来也是没头没脑，因此得了一个绰号叫“胡二捣乱”。

邀请的人陆续到齐了，唯独赵大架子快九点钟了才姗姗而来。他是总督面前的红人，人人都想巴结他。他对其他人只是稍微拱了拱手，然后就叫上余荩臣到烟铺上说话。整个宴席上，余荩臣的职位最高，钱也最多。余荩臣最近被总督委任为学堂总办，就想趁这个机会求总督给他一个明保[①]，送部引见[②]。因为总督的奏折都是赵大架子在负责，余荩臣就极力拉拢他。赵大架子的架子虽然大，但是看到钱，架子就会变小。余荩臣私下送了他很多好处，故而两人关系非常好。

吃了一会儿，赵大架子便和余荩臣一同起身告辞，前往余荩臣相好的那儿。两人躺在床上抽烟，余荩臣问起举荐的事，被赵大架子搪塞过去。第二天晚上，余荩臣在赵大架子相好处又再盘问，赵大架子才慢悠悠地说："最近我天天帮你说好话，总督已经答应了明保你，让我起草折子。只是这两天我事情繁忙，没有时间动笔。另外，奏折该怎么写，也需要好好斟酌一下。"余荩臣闻言，立刻深深地鞠了一躬，诚恳地说："希望尧翁你能成全到底，把评语写得体面些，那我就感激不尽了！"赵大架子拱手回礼，笑着让余荩臣自己来写。

余荩臣也没有推托，斟酌了半天，将自己说得天花乱坠。写完后，他拿着草稿走到床边，请赵大架子过目。赵大架子看了，心里盘算了一会儿，把原稿稍微改了几句。余荩臣看了似乎不太

---

① 明保：清朝京外大臣想要推荐人才或叙录有功官员，若是奏报后交吏部审议，则为明保；若是称对方有特殊才能请求破格录用，则为密保。密保一般将被推荐人的档案交军机处存记，在适当时提请任命。

② 送部引见：官员在接受皇帝接见前，先要通过省级督抚的推荐和考核，再由吏部或兵部将官员的姓名、履历以及督抚的批语呈递给皇帝，以便皇帝了解官员的情况并决定是否接见。其中"部"指的是中央政府的相关部门，如吏部或兵部。"引见"指授官时，由吏部或兵部的官员分别带领文官或武官朝见皇帝。

满意，但是怕赵大架子生气，只得连声说“很好很好”。赵大架子将改好后的草稿塞进口袋里，便起身告辞了。

余荩臣当晚便去与自己相好的王小五子家住。王小五子突然问他：“余大人，我听说现在的官职都可以用钱买，那差使是不是也是买来的？”余荩臣立刻反驳：“我做事再公正不过了，在我手下工作的人，都不需要花钱买职位。”王小五子听后笑道：“余大人，我想推荐个人给你，你得给他安排个好差使。”余荩臣以为她在开玩笑，并没在意。他觉得有些困了，就准备睡觉了。王小五子忙说：“如果你不答应我，我就不让你睡觉。”余荩臣被她缠得急了，便说：“你先告诉我那个人是谁，我好帮你处理。”王小五子低声说：“就是候补同知黄在新黄大老爷，他托我的。”

余荩臣听了心里咯噔一下，半天没说话。原来刚刚来的时候，余荩臣恰好在门口看到了黄在新从这里出去。他心里起疑，醋坛子也打翻了，冷笑了两声，说：“这家伙自己没门路找人帮忙，居然想到你了！你俩啥时候认识的？你怎么对他这么上心？”王小五子一看余荩臣生气了，心里也慌了，赶忙解释说自己和这个黄大老爷都是江西人，自己也就是想帮帮老乡。

余荩臣可不信这一套，越想越气。等到天亮，他立刻就走人了。余荩臣来到上院，见到孙大胡子，便把黄在新托王小五子求差使的事情都告诉了他，气呼呼地说：“黄在新的品行太差了，什么人不能托？偏偏托到个婊子身上，真是笑话！”孙大胡子听完，笑着调侃余荩臣，说他应该马上给这人安排个好的差使，这样既顾全了相好的面子，也能让那些不顾乡情的士大夫惭愧惭愧。

余荩臣不理睬孙大胡子的调侃，打定主意要想法子撤销黄某人的差使，给那些无耻钻营的人一个教训。这时，孙大胡子又说了几句话，竟让余荩臣无言以对。孙大胡子到底说了什么？且等下回分解。

第三十三回　查账目奉札谒银行　借名头敛钱开书局

孙大胡子见余荩臣坚决要揭露黄在新通过妓女谋求官职的事情，冷笑道："黄在新此举确是不妥，但若非你也涉足风月场所，又怎会知道？"余荩臣被这番话堵得无言以对，只好作罢。

过了两个月，余荩臣的保举折子得到批复，准许送部引见。接到通知后，他立刻上院叩谢，同僚们也纷纷前来道喜。接下来，他白天忙着处理交接事宜，晚上则有一帮好友轮流设宴为他饯行。正当他准备进京时，总督却接到军机大臣的信。信中提到有都老爷奏参江南吏治，涉及二十多名官员。其中余荩臣和赵大架子的劣迹最为严重，说余荩臣通过上海的一家外国人开的银行收受贿赂，赵大架子则霸持招摇。

事关钦派查案，总督也不敢袒护，先传话让余荩臣待在省城等消息，又委派藩司和粮道两人按奏折的内容查办。粮道为人爽快，有人嘱托他时，他便直言不讳地说："此事也只是敷衍而已，何时见过查办案件会撤掉一大批人的？"而藩台见无人前来打点，便决意秉公处理此事。他向总督提议从余荩臣开始调查，就查他在上海的银行账户。总督于是把这件事交给藩台来做。

藩台从未与外国人打过交道，心中不免有些忐忑，但又无法推脱，只能带着随员和幕僚直赴上海。到达上海后，他先去拜访上海道台。见面后，两人谈及银行查账之事。上海道台问："余某人的银子是放在哪一家银行的？"藩台大惊："难道银行还有两家吗？"上海道台笑道："总共有几十家呢。"藩台听后愣住了，半晌才说："我们在省里只知道汇丰银行，就先查这家吧。"

第二天，藩台一行人前往汇丰银行。里面的人看到藩台戴着大红顶子，皆露出惊讶之色。这个时候，柜台的人都忙着收付洋钱、查对支票，无暇顾及他们。随从拿着名片，喊了几声"接帖"，却无人应答；又拉住几人询问，也都说不清楚。等了一阵子，银行下班时间到了，大家纷纷离开。见状，藩台只得放弃了查账的念头。此事之后也不过是落了个"查无实据"的结论了事。

说回这日，门上递进了一张名帖，上面写着"总办上海善书局候选知县王慕善"，还附带了几本劝善的书。藩台本欲回绝，但递帖的说道："这位王老爷自称是个真正的好人，自从开办了这个书局后，已经搜集了七百八十三种淫书。"藩台一听心生好奇，决定见一见此人。

王慕善这次来拜访藩台，主要有两个目的：一是想恳请大人帮忙宣传书局的善书；二是呈上一份淫书目录，希望大人能出告示，正式禁止这些书。藩台说："那你明天送几百本善书过来，我派发给各府、州、县去阅读。"王慕善问："那书款是写个领取字据到您这里来领取，还是等您回省之后到您的库房领取呢？"藩台听了心下不悦，说道："既然想要劝人为善，最好是捐书。"王慕善吃了一惊，解释说："大人，书局的经费非常紧张，全靠捐款。"藩台随口应付："那回省之后，我替你想个法子弄点经费吧。"

王慕善并未察觉到藩台的敷衍之意，反而将其视为赞赏，信心因此大增。第二天，他就刻了一枚戳记，将自己编撰的所有善书都印上了“奉宪鉴定”四个大字，又将书局门口的招牌更换为“奉宪设立善书总局”。

他选了一个吉日，悬挂了新的招牌，并设宴庆祝。因为担心正式官员和士绅来得不多，会让自己失面子，王慕善便提前托人疏通关系，四处宣扬。出乎意料的是，当天竟有五位道台级别的官员莅临，分别是：宋子仁，分省试用道，常与上海道会面；申义甫，一家善局的总管；朱礼斋，湖南候补道；蔡智庵，江西候补道；翁信人，只捐了一个候选道的官职，目前在上海做生意。

宴席上，王慕善说：“上次南京藩台来的时候，答应每种善书要一千本派发给各府州县代为销售。现在要垫本印书，至少需要四五千金，希望各位宪台能帮我出出主意，支持一下。”众人听后沉默不语。最终，朱礼斋表示愿意捐助五百两银子。蔡智庵虽不愿出钱，却为王慕善出了一个主意：“各省的赈灾捐款银子都在申老伯手里，无非是存在钱庄上生息。不如让申老伯借给王大哥五千两银子，利息按照钱庄的利率来算，将来拿到买书款后本利一并归还。”申大善士闻言忙摇头说：“这笔赈灾捐款银子，自从先祖存到现在，已经有八十多年了，从未有过类似的先例。”

正当众人交谈之际，外面突然进来两位女子，王慕善一见大惊失色。欲知来者为何人，且等下回分解。

第三十四回 办义赈善人是富 盗虚声廉吏难为

王慕善正在书局设宴款待宾客，忽见两位女子进来。王慕善一看，来的不是别人，正是他的相好西荟芳花媛媛的一个大姐，名叫阿金；一个娘姨，名叫阿巧。原来，王慕善还欠着花媛媛的酒钱与局钱未结清。花媛媛的母亲屡次寻找王慕善未果，焦急万分，于是买通了王慕善的车夫，得知书局开局的日期后，亲自前来讨债。王慕善将阿金和阿巧带到账房，无奈地掏出仅有的六十多块洋钱。二人拿着钱离去，王慕善这才松了一口气。

宴席结束后，大家纷纷告辞。第二天，朱礼斋真的送来了五百两银子。王慕善激动不已，他先是还清了欠债，剩下的银子则尽情用于吃喝玩乐。不出十天，这笔银子就被他挥霍得一干二净。

没了银子，王慕善又想起了那日蔡智庵的提议，于是决定去找申义甫。申义甫听闻王慕善来访，虽然心下有些厌烦，但还是请人将他领了进来。见面之后，申义甫不等王慕善开口，就先提到了山西正闹饥荒，抚台已发电报来要求汇银子过去，他现在正和阎二先生商量如何筹集赈灾款。

申义甫继续对阎二先生说："这次山西赈灾，我们与其捐了银子让他们去做好人，不如我们自己去，也让地方上好好巴结巴结我们。我们还可以多带几个人，将来也多些推荐名额。"阎二先生连声称是，又问何时可以动身。申义甫道："至少也得十来天。

现在最要紧的是刻捐册。”

王慕善看着捐册的底稿，突然产生了依附他们的念头。他朝着申义甫说道：“申老伯，能不能在捐册后面附上小侄的名字？小侄能跟诸位大善士一起办事，也是莫大的荣幸。”申义甫和阎二先生听了他的话，相互看了看。申义甫想着这人平日交往的也有几个有头有脸的人物，于是便道：“当然可以，但你要先找保人。”王慕善马上说去找宋子仁宋老伯作保。

过了三天，捐册的石印版就做好了，最后一排的名字里果然有王慕善。王慕善心里得意，无论走到哪里，三句话不离劝捐。然而，辛苦了三天，虽然送出去了三百多份捐册，但只收到了一百八十多块钱的捐款。王慕善回到局里一问，得知申大先生在家里就已经募捐了十几万了，他才明白，劝捐和做官一样，有资格才行，不免有些泄气。

再说阎二先生，他提前办完老太太的生日宴，携师爷、仆人启程前往山西放赈。为了显得节俭，他没有穿皮袍，而是吩咐家人做了一套丝绵袄裤穿在里面，外面再罩件破棉袍。

他们进入了山西境内。山西抚台提前通知沿途的州县，说南方的大善士阎二先生带着银子和棉袄棉裤前来赈灾，地方上务必妥善招待。他来到一处，地方官亲自出面迎接，备下最好的公馆住宿，四处张灯结彩，并奉上丰盛的鱼翅酒席。阎二先生装出清正的样子，让店家把灯彩都撤了，送来的酒菜也一律不收。他向店里的伙计要了一碗开水，泡了两个自带的馍馍充饥。见此情景，大家都十分敬重他。消息传开，下一站的地方官自然不敢再如此铺张。未承想，阎二先生却指责人家办事草率，故意怠慢。地方官吓得不知所措，连忙备好酒席送来，却又被他坚决拒收。地方官对他无可奈何，只能忍气吞声。

抵达太原府后，阎二先生做了不少好事，也花了不少钱，赢得了山西百姓和官员的普遍赞誉。这让他更加得意，开始对其他人不屑一顾，甚至连山西抚台都不放在眼里。抚台心生不满，决定整治他一下。于是，抚台上奏朝廷，称赞阎二先生在山西的赈灾功绩，请求朝廷允许将他留在山西任职。朝廷自然应允。阎二先生听说后心生忐忑，但既然已留在山西，就不能再像以前那样傲慢了。此后，他对抚台毕恭毕敬，抚台也对他客气有加。

过了一段时间，阎二先生带来的银子渐渐用完，他又打电报到上海再汇了十几万来。起初，这些钱都由他一人掌管，但自从他改归山西差遣之后，抚台也开始干预这些钱的使用，十几万两银子很快又用光了。他再次打电报到上海寻求支援，但人家知道他已经做了山西的官，便不再像之前那样热心了。

秋去冬来，未到十月已经下了一场大雪。一天，阎二先生正坐在衙门里，忽然接到抚台的一个札子，拆开一看，顿时焦急万分！信上写的什么事情呢？且等下回分解。

第三十五回 捐巨资纨绔得高官 吝小费貂珰发妙谑

一天，阎二先生正在府衙中处理公务，突然收到抚台的公文。拆开一看，原来是抚台催他筹集更多资金。阎二先生十分着急，与一位同来放赈，如今在他衙门里做账房的何师爷何孝先商量。

何师爷听后，心生一计，主动提出愿意辛苦跑一趟，替阎二先生回上海处理此事。他进一步解释道：“我们只需要让抚台上一道奏折，说本省灾区广，急需大量资金进行救援。同时，我们宣布一项鼓励捐款的政策，如果有人捐款超过一万两，我们将为他专门上奏请求朝廷给予奖励。能捐出一万银子的人固然不多，但只要有人捐上六七千，我们也可以算作一万，这样一来，谁还会不赶着来捐款呢？这笔款子名义上是赈济款，但实际赈济了多少，又有谁会去查证呢？抚台因此得到了好处，自然不会有其他意见。而你若想调个好缺位或者升官，也变得更加容易。”

阎二先生听后，对何师爷的计策连连称赞。第二天，他就把这个劝人捐款的法子告诉抚台。抚台听后也很高兴，一方面上奏朝廷，一方面则下公文给何师爷，正式委派他到上海去办理此事，同时将阎二先生从知州保直隶州[①]，外加一个候补知府。

何师爷接了委任，过了两天就上院禀告辞行。抚台给了他二百两银子作为路费，又有上司和同事托他在上海买洋货，身边总共带了五百两左右银子。在赴上海的路上，何师爷遇到很多受灾的人卖儿卖女，这些人饿得头晕眼花，只要有人还价就愿意卖掉自己的骨肉。不到三天，他就买了五十多个女孩子。到了上海之后，他给自己留了几个年纪稍大、长得漂亮的女孩，其余的则卖给了亲戚、朋友和媒婆，从中狠狠赚了一大笔钱。

何师爷租了一座公馆，挂上了“奉旨设立报效山西赈捐总局”的牌子。他靠着山西抚台的威名，天天拜访客人，竭力拉拢关系。这样应酬了一个月，开始陆续有人捐银子。他一边收款，一边打电报给山西抚台，替这些人上奏请求奖励。三个月下来，他居然筹到了三十多万银子。为了嘉奖他，山西抚台给他保举，

① 直隶州：清代州官分直隶州与属州。直隶州知州正五品，升知府的可能性比较大；属州知州从五品，晋升机会有限。

使他从同知[1]一直升到道台，还加上了二品顶戴。

何师爷有一个表弟，以前对他不屑一顾，如今见他荣升道台，竟也赶到上海来拜访他。这位表弟姓唐，家中排行第二，家境殷实。唐二在上海挥霍无度，何孝先便趁机劝他花钱捐官。唐二对此很感兴趣，这笔生意很快就谈成了。不出半个多月，唐二的捐官委任状也下来了。他想着此次进京正好能赶上万寿庆典[2]，便打算准备几样进贡的礼品。何孝先建议他购买价值两三万银子的贺礼，唐二却认为至少得花上十来万。何孝先提醒他："你买贺礼就要花十来万，还打算预备多少去送礼？你只是个候补道台，不走门路，东西谁能帮你送上去呢？"

经过一番舟车劳顿，唐二终于抵达了北京。他此次来京主要就是为了万寿进贡的事，因此一见人就打听进贡的规矩。无论是在饭局上还是戏院里，他都信口胡吹，大肆宣扬他的贡品价值十万银子，至少得赏个三品京堂侍郎衔才算值得。旁人听后都觉得他愚不可及，怎能在公共场合说这些话呢！

唐二有个内兄叫查珊丹，大家都叫他"查三蛋"。查三蛋在刑部做额外主事，平日常替人拉关系和经手各种事务。他听说妹夫准备进贡的事后，立刻表示："我在宫里有熟人，宫门费等我找个人替你讲讲价，十万银子的贡品，大概花上三万银子的费用就够了。"不料，唐二结识了一位自称在内务府当差的文老爷，对方承诺只需一万银子就可以帮着把贡品带进去。唐二信以为真，不再理睬查三蛋，取了一万银子给文老爷打点。

然而，等了好几天，这位文老爷却音信全无。唐二心里慌张，

① 同知：知府的副职，正五品，因事而设，每府设一二人，无定员。

② 万寿庆典：皇帝的诞辰日称为万寿节，取万寿无疆之义，是个全国性的节日。为皇帝祝寿，是古代宫廷中重要的礼仪活动。

找到查三蛋商量。查三蛋嘲笑他不相信亲戚，反而托一个陌生人办事。唐二没有办法，这才让查三蛋帮忙，但因为已经损失了一万银子，他坚持只能出二万银子。查三蛋心中气恼不已，便打定主意要算计他一番。

查三蛋找到了一个经常合作的太监，将计划讲述了一遍，然后赶回唐二的住处，告诉他："已经确定二万银子的宫门费，今天先把宫门费交清，后天一大早再自己押着东西进去。"唐二于是让人抬着贡礼一同进宫。来到一个地方后，查三蛋说："这里就是宫门了，闲杂人等不准进去。"挥手让其他人都退下。等了一会儿后，里头走出两个太监，瞧了唐二一眼，说道："你这人好大胆！佛爷说过今年庆典不准送礼。你来进什么贡！今儿若不是看查老爷的分上，一定拿你交慎刑司，办你个'胆大钻营，卑鄙无耻'！"说完后便扬长而去。

唐二被吓得浑身是汗。查三蛋见状便说："当初我就说钱少了，你不听我的，可恨这些人连我都骗了。看这样子得再花一大笔钱才能解决问题！"唐二一心只想免祸，立刻答应了。查三蛋于是找到那两个太监，几番交涉后，最终决定再给二万银子。接下来会发生什么？且等下回分解。

第三十六回 骗中骗又逢鬼魅 强中强巧遇机缘

唐二进贡回来，心里气查三蛋，可现在事情又少不了他，只能强忍怒火。他把二万银子的票据交给查三蛋。大概过了五个小时，查三蛋兴高采烈地回来了，一进门便连声恭喜，又说："银子交了，贡品也顺利送进去了。听说皇上很高兴，总管又在一旁替你美言，如今已有旨意下来了，赏你个四品衔。"唐二听闻只是四品，心下失望。

第三天，唐二前往皇宫谢恩，回来时却垂头丧气，心想："我花了差不多十五万两银子，就只得个四品衔，真是不划算！"这时，管家拿进来一张名片，说有客人来访。唐二看名片上写着"师林"两个字，回话说："我不认识这个人。"管家解释说："他自称是内务府堂郎中的兄弟，堂官知道文老爷拿了您一万两银子，特意派他来查办这件事情。"唐二一听，就吩咐了一声"请"。

师四老爷进屋后，便开始讲述："那姓文的乃是福中堂的嫡亲侄少爷，经常打着叔叔的旗号，在外招摇撞骗。堂官得知侄子骗你一万两银子后，大发雷霆，对姓文的进行了一番威胁，让他交出剩下的钱。那文少爷骗到钱后一直未敢动用，目前只花了九百多两银子。"唐二听说还能收回九千多银子，顿时喜出望外。师四老爷接着说道："文某拿了你一万银子的事，衙门的两位堂官都已经知道了。他已经花掉了九百多两，这钱没法还原，跟上头就不好交代了。我本想替文某垫上这几百两银子，但实在是目前手头紧。"

唐二大方地表示那九百多两银子可以不要，但师四老爷却急忙解释说："文某必须将一万银子完完整整地交回衙门，再由衙门完完整整地交给你。要不你先借出九百多银子，让他凑足一万交差。这钱最后还是你的。"唐二心中起疑，便说不用惊动堂官，可以大家私下解决。师四老爷于是说："这事本不该让你先垫银子。我回去自己想办法，以后还是把这一万银子的银票给你送过来，你就预备一张一千银子的银票给我就行了。"

第二天晚上，师老爷又来了，将一张一万银子的票子递给唐二。唐二也把准备好的两张一千两的银票拿出来交给师老爷，说其中一千两是为表达感谢。然而，当唐二拿着那张银票去柜台取银子时，却被告知这是一张假票子。唐二这才知道自己又被骗了，气得直跺脚大骂。不久之后，唐二领了任职凭证，便启程离开京城，前往湖北省赴任。

此时担任湖广总督的是一位旗人，名叫湍多欢。这人贪图美色，家中已有十个姨太太。省里一位名叫过翘的候补知县，为了讨好总督，专门请了一个月的假，携带万余两银子，到上海为总督寻了两个绝色美女。

在回去的船上，过老爷偶遇了湖北候补道唐二。唐二误认为过老爷是替总督接家眷，觉得这个人的地位一定不低，所以非常看重他。过老爷也因为唐二是本省的上司，竭力地以下属之礼相待。他们一路同行，相谈甚欢。

等回到湖南，过老爷便托人将消息带给湍制台。湍制台得知此事，喜出望外，当晚就将两位美女接进府。过老爷孝敬的这两位姨太太，年纪较小的阿土心眼儿特别多，进衙门不到半个月，竟然把卖官卖缺、弄银子的手段都学了大半。

湍制台感激过老爷送妾的情分，立刻委派他办理文案，又兼了两个肥差。过老爷自从担任文案之职后，迅速与衙门上下打成一片。他还将制台身边一个贴身小二爷发展成内线，时常通过他向十二姨太传递消息。为了报答过老爷的恩情，十二姨太阿土在湍制台面前为他争取了一个上好职位。过老爷得到实缺后，暗中赠予十二姨太五千两银子作为答谢。

与此同时，唐二在省城已逗留了一个月，虽然和上司见过一面，但并未得到重视。对于初来乍到的人来说，若无门路，想要获得一席之地，难如登天。幸运的是，唐二在途中结识了过老爷。过老爷不仅向他透露了湍制台贴身小二爷这条门路，还主动为他牵线搭桥。接下来会发生什么故事，且等下回分解。

第三十七回 缴宪帖老父托人情 补札稿宠姬打官话

湖北总督湍制台早年曾在云南担任臬司，与当时的云南藩司刘进吉结为拜把兄弟。后来，湍制台一路高升，先是被任命为江苏巡抚，没过两年又升到了湖广总督。可刘进吉因为是个汉人，在云南藩司这个位置上待了十一年，后面才调到湖南长沙做藩司，成了湍制台的下属。

官场有个规矩，如果结拜兄弟成为上下级，就要把以前的盟帖交还。刘藩司在赴京途中经过武昌，特意找出了与湍制台交换的帖子，准备在觐见时交还。然而，湍制台却婉拒了，表示私下里他们仍是兄弟。刘藩司以为湍制台念旧情，便未再提及此事。

刘藩司上任不到三个月，因不慎摔倒而中风。经过长时间的治疗，虽神志渐清，但身体却极为虚弱，最终决定告病退休。他的大儿子刘颐伯马上要赶赴武昌禀报。刘藩台自认为和湍制台有交情，便写了一封信让儿子转交给湍制台，拜托总督多照应自己儿子。初见刘颐伯，制台表现出极度的关切，让刘颐伯误以为自己能迅速获得官职。然而，三个月过去了，却没有任何动静。

后来，一位同僚告诉刘颐伯，湍制台极为注重礼节。刘藩司先前未交还宪帖，已让湍制台心生不满。更何况，刘颐伯的名字“颐”字，触犯了湍制台祖先的名讳。湍制台虽曾暗示，但刘藩司却未放在心上，忘记改名，这就更是得罪了湍制台。刘颐伯得知事情原委后，赶紧让父亲归还宪帖，并给自己改名叫作刘期伯。

果然，湍制台不久便传见刘期伯，说想把银元局的差事给他，只是现在银元局尚有两万多的亏空。刘期伯心知肚明，制台想让他来填补这个亏空。考虑到银元局是出名的肥缺，刘期伯欣然应允。没有想到，接到委任的时候，却是厘金会的差使。尽管有所不愿，刘期伯仍按规矩谢恩上任。

原本属于刘期伯的银元局职位，是被候补的胡道台中途截走的。胡家原来是江西的富商，等到胡道台当家，生意一年不如一年，他觉得当官更有利可图，便舍弃了家族产业，转而捐了一个道台，再到湖北等候任用。胡道台通过折奏师爷的门路，向总督献上二万两银子，指定要银元局总办的职位，并承诺接任后再送一万，若留任则每年进贡二万。此外，他还额外赠予折奏师爷八千两银子作为酬谢，三方迅速达成了协议。

与此同时，唐二从过老爷处得知了湍制台贴身跟班小二爷的这条门路。小二爷告诉他，只要他能拿出二万五千两，银元局的缺一定到手。唐二立刻拿出银子，托小二爷帮他打点。然而，他们这边刚刚说定，胡道台与折奏师爷的协议也已达成，只等委任书下达便可交割银两。小二爷闻讯后，急忙采取措施，先是阻止了公事稿的送出，随后与十二姨太紧急商议对策。

晚上，湍制台依然来到十二姨太这里。十二姨太近来备受宠爱，湍制台每天公事结束后都会过来。小二爷趁机呈上公事稿，湍制台浏览后，正欲填写胡道台的名字。十二姨太突然抓住胡道台的手，硬缠着让湍制台把银元局的委任给唐二。湍制台坚决不同意，十二姨太登时柳眉双竖，把公示稿撕烂，然后，她又开始撒娇，问唐二的名字怎样写。她找来那张被撕破的稿子，在无字之处示意湍制台写下唐二的名字。湍制台见状，只得依她所愿。写完名字后，十二姨太又催促他上床休息。待湍制台沉沉睡去，十二姨太轻轻披衣下床，将那张被撕烂的公事稿重新粘合，并将湍制台所写的唐二名字也粘上去。一切办妥后，她将公事稿交给了小二爷。

次日清晨，湍制台正在享用早餐时，仆人通报新委银元局总办唐二在外等候谢委。湍制台一听此言，顿时愣住。十二姨太见状，便将昨晚的实情和盘托出，并表示唐二上任后会孝敬制台一万两银子。这番话让湍制台气得几乎要吐血，但考虑到一旦事情闹大，自己的名声也会受损，且现在还有一万两银子可拿，便忍下了这口气。至于胡道台，湍制台便另行委他一个稍微次一点儿的职位。自此以后，十二姨太的胆子越发大了起来，湍制台竟也拿她无可奈何。以后还会发生什么事情，且等下回分解。

第三十八回 丫姑爷乘龙充快婿 知客僧拉马认干娘

湍制台九姨太的贴身大丫鬟宝珠，相貌俏丽，湍制台曾一度想将其纳为小妾。但后来下属孝敬了两个姨太太，尤其是新娶的十二姨太手段高明，湍制台也就放下了这念头。他心里总觉得对不住这丫鬟，就想着给她找个年轻有为的丈夫。

打定主意后，他先是和九姨太商量，将宝珠认作干女儿，改称宝小姐。接着，他在候补道、府的人员中精挑细选，最终选中署理本标右营游击[1]戴世昌。他托中军副将王占城为两人做媒。王占城连夜就把戴世昌请了过来，告知这一喜讯。戴世昌听了，又喜又忧，既为能得到制台青睐而欢喜，又因自己武官身份和家境贫寒而忐忑不安，觉得配不上制台千金。

不久，湍制台从善后局拨了三千两银子给戴世昌，用作办喜事的费用，还特意委了他两个职务。婚礼当天，戴府张灯结彩，非常热闹。不少官员趁机前来送礼，礼金竟有约二万银子，让湍制台觉得此举很值。

戴世昌自从做了总督的女婿后，不免有些趾高气扬。同僚中有几个知道宝小姐底细的，言谈间不免带些讥讽。起初戴世昌并未察觉，后来听得多了，心里也觉得不快。但想到以后还要仰仗太太的势力，他只能选择隐忍。果然，婚后不到三个月，戴世昌就被提拔为实职游击。而宝小姐在家中更是气焰嚣张，对戴世昌呼来喝去，如同对待奴仆一般。

宝小姐喜欢被人奉承和追捧，因此不少候补官员的太太都争相前来讨好她。有一位名叫瞿耐庵的知县，多年来做着苦差事，一心希望能得到个好职位，也想让太太去讨好宝小姐。太太刚开始装着不同意，直到瞿耐庵承诺以后所有俸禄都交给太太管理，

---

① 游击：清朝绿营武官的一个职位。清代绿营武官最高品级是从一品，即提督；正二品为总兵，从二品为副将，正三品为参将，从三品为游击，正四品为都司，正五品为守备，从五品为守御所千总、河营协办守备，正六品为门千总、营千总，从六品为卫千总，正七品为把总，正八品为外委千总，正九品为外委把总，从九品为额外外委 。

太太这才同意。

宝小姐喜欢逛庙宇，不仅经常给大小寺院捐款，还总邀请要好的太太们到寺院吃素斋。人们认为她是吃斋行善的人，所以若要回请她，也往往选在庙里。这个消息传出去后，那些善于钻营的人就一个个来与和尚、尼姑拉拢关系。武昌省城有一座龙华寺，颇有名气。寺里方丈专注于佛法清修，应酬客人以及同各衙门的来往，全由知客和尚善哉来负责。善哉和尚不仅一表人才，而且能说会道。他知道宝小姐是制台的干女儿，便用心拉拢，倾尽心思去赢得她的欢心，使得宝小姐成了龙华寺的常客。

瞿耐庵的太太得知这个消息，也频繁造访龙华寺，总算和宝小姐搭上了关系。两人结识后，瞿太太更是极尽巴结奉承之能事。一日，宝小姐喝醉了酒，瞿太太便在一旁细心照料。宝小姐搂着瞿太太的脖子，醉眼蒙眬地说："若我来世能有你这样的女儿，肯定开心死了！"瞿太太立刻说："只要姑奶奶肯收留，我就愿意伺候你老人家。"说完趴在地上给宝小姐磕了一个头，并称呼她为"干娘"。宝小姐在酒精的作用下，也就顺势答应了下来。

第二天中午，宝小姐酒醒起床。瞿太太搬来两把椅子放在中间，说道："请戴大人出来，我今天特地过来叩见干爹干娘。"宝小姐一脸茫然，旁边的丫头连忙解释了一番。宝小姐尴尬地说："你比我年龄还大，我怎么能收你做干女儿呢？这真是折煞我了！"然而，瞿太太已经跪倒在地，宝小姐无奈，只好认下了这个干女儿。

宝小姐觉得过意不去，于是打算把瞿太太带进制台衙门去认认干外公、干外婆。她告诉瞿太太这个想法，瞿太太自然满口答应。于是宝小姐先派人到制台衙门通知一声，称自己收了一个干女儿，要前来拜见老爷和九姨太。

九姨太听说宝小姐收了一个干女儿，急忙准备见面礼。正热闹着，仆人通报说宝小姐回来了。只见宝小姐走在前面，后面跟着一个老女人，脸上有皱纹，头发也白了几根。宝小姐对瞿太太说："你就在这里拜见外公外婆吧！"大家见了都诧异不止。但见瞿太太如此真诚，九姨太也只得受她一礼，还送了五十块洋钱作为见面礼。

饭后，瞿太太满心欢喜地离开了，在轿子里盘算着什么时候再来总督府拜访，不知不觉已经到了自家门口。她还没走出轿门，一个跟班匆忙走上前说："太太，不好了！老爷今天出恭时，不慎跌断了一条腿！"瞿太太一听脸色骤变。接下来会发生什么，且等下回分享。

第三十九回 省钱财惧内误庸医 瞒消息藏娇感侠友

瞿太太听说老爷摔断了一条腿，顿时惊慌失措，赶紧询问详情。跟班回答说老爷解手时，看到尿缸旁有一个铜钱，弯腰去捡，结果一不小心就滑倒了。瞿太太又问："请大夫看过了吗？"跟班回答道："老爷摔倒后，刚好老爷的把兄弟胡二老爷来拜访，立刻去请了外国大夫，外国大夫说要三十两银子。老爷觉得太贵。后面又请了一个郎中，要十五块钱，老爷还是觉得太贵。最后请了一个画符的先生，来家里画了一道符，虽然没花钱，但也没什么效果。"

正说着，太太已经走进里间，老爷正躺在床上呻吟。太太心疼，忍不住哭了起来。后面，还是胡二老爷花三十块洋钱请了一个外国大夫。老爷的腿伤逐渐好转，并没有变成瘸子。

自从瞿太太认了宝小姐做干妈后，更是频繁拜访戴府。瞿太太坦诚告知家中困境："自老爷来此任职，就背了一身的债务。不怕您笑话，再过两年，我们恐怕就要破产了。"宝小姐心生同情，亲自跑到制台衙门，缠着湍制台给瞿耐庵安排个好职位。湍制台没办法，只好答应。

瞿耐庵夫妇年近五十，始终膝下无子，瞿耐庵特别想要儿子，却因惧内不敢提纳妾之事。一日，瞿耐庵朋友提议饭后去汉口玩，第二天再回来。瞿耐庵没吭声，大家就取笑他怕太太。瞿耐庵本就喝了点酒，一激之下便一同前往。第二天回家后，瞿耐庵谎称因公事未归，太太竟信以为真。此后，瞿耐庵胆子渐大，时常夜不归宿，在妓院中寻欢作乐。

汉口有个妓女叫爱珠，姿色平平。瞿耐庵没有相好的，朋友就把爱珠推荐给他。爱珠生意清淡，好不容易遇到个大客户，自然竭力巴结，这让瞿耐庵非常得意，比突然得到差使还要高兴。爱珠向瞿耐庵诉说自己的悲惨身世，哀求瞿耐庵为其赎身，说只需五百块洋钱就够了。不料，老鸨要五百五才放人。瞿耐庵哪里拿得出五百五十块钱？只能用话敷衍着。

瞿耐庵有位朋友笪玄洞，是湖北有名的富人。他这人很奇怪，如果朋友遇到急难向他借钱，他一毛不拔；但如果朋友想为妓女赎身，或者想借赌本，他可以慷慨解囊。因此，湖北的官宦名流中，那些钟爱风月、赌博之乐的人都愿意与他交好。瞿耐庵找到笪玄洞，将爱珠的事情和盘托出，说道："别的都好商量，只是这五百五十块洋钱的赎金最麻烦，所以来跟你商量商量。"笪玄洞听后笑道："赎金不过小事一桩。我素来乐于助人，娶妾、赌钱，我最是愿意帮忙。”他不仅借出了五百五十块洋钱，还额外添了二百块作为贺礼，更将自己的洋街西头空房借给瞿耐庵安置爱珠。瞿耐庵感激不已，当即筹备一切，将爱珠从妓院接出。

这些天，瞿耐庵一心只想着新纳的小妾，早把太太忘到九霄云外了，接连三天三夜都没有回省城，而他太太也恰好在制台衙门里住了三夜。第四天，太太返家，问起老爷的行踪。家人吞吞吐吐地说：“老爷在局里办公务，已经三天三夜没回来了。”太太心下起疑，立刻让跟班备轿去局子。一群人跟着太太来到了局子，里面静悄悄的。瞿太太直截了当地问看门的人：“瞿大老爷今天来过没有？”看门的人回答说：“大老爷已经有四天没来这儿了。”

瞿太太叫来二管家胡福询问。这人原本在厨房里打杂，因善于打探消息而深得太太信任，被提拔为二管家。胡福便将老爷这些天和朋友出城到汉口妓院玩的事情，一五一十全部说出来。瞿太太气得脸色铁青，四肢发冷，想了很久，接着问胡福：“老爷是在汉口哪家妓院玩得乐不思蜀的？”胡福回答说：“我问过很多人了，但大家都不清楚。不过到了汉口应该能打听到。”瞿太太决意亲自出马，前往汉口解决此事。欲知后事如何，且等下回分解。

第四十回 息坤威解纷凭片语 绍心法清讼诩多才

瞿太太一行人火速来到汉口。下船后，瞿太太吩咐一个随从去夏口厅马老爷的衙门，就说是制台衙门里来的人，要找瞿老爷，请他派几个人帮忙一起找。马老爷听闻制台衙门有人来找瞿大老爷，便把新公馆的地址告诉了对方。

瞿太太一听“新公馆”三个字，就明白老爷有了新欢，还另外租了房子，便气冲冲地带着人找过去。瞿老爷没在家，只有新娶的爱珠和一个老妈子在楼上。瞿太太问：“这里可是瞿老爷的新公馆？”爱珠看了看她，不敢回答。跟老爷出门的黄升走进来，跪在地上给太太磕头道喜，说老爷已经正式上任，代理兴国州知州。瞿太太本想大闹一场的，听到老爷上任的消息，一下子就高兴起来。

这时，有人来报：“马老爷到了。”原来，瞿太太上楼的时候，瞿耐庵也刚好从外面回来。一听太太在这里，他吓得魂飞魄散，赶紧去衙门找马老爷，求他想个法子。马老爷只得赶了过来，对瞿太太解释说因为这女人在窑子里被老鸨欺负得太狠，几个朋友就凑钱把她赎了出来。而瞿老爷这几天不回家，是因为上头委派他来汉口查几个维新党的下落。瞿太太信了马老爷的话，便带着众人回省了。马老爷回到衙门，把刚才和瞿太太编的那套假话告诉了瞿耐庵，又说：“你的新欢最好还是留在汉口，等上任后看情况再来接，这里有我们帮着照应。”瞿耐庵见事情都已解决，非常感激，辞别马老爷渡江回省。

第二天，瞿太太又去戴公馆感谢干娘，瞿耐庵也向上级辞行，然后一家人收拾行李，雇船启程。上船后的第一夜，瞿太太亲自到船前船后查了好几遍，确信那个女人没有同行，这才放心。

兴国州离省城不过四五天路程。瞿耐庵拜过前任后，便预备第二天接印。到了十一点半钟，瞿老爷换了蟒袍，前往衙门里上任。恰巧有个乡下人，穿了一身重孝，走上前来拉住轿杠，大声喊冤。瞿耐庵今天接印，本想图个吉利，没想到竟然如此晦气，当下气得大骂："好刁的百姓！我署这个缺，原是上头因我在省里苦够了，特地委个缺给我，不是叫我来替你们管家务！"接着吩咐左右把人锁起来。接印仪式结束后，瞿老爷想起此事，又一股怒气涌上心头，让差役把这人打得血流满地，晕厥过去，方才觉得除了晦气。

再说瞿老爷的前任，这人姓王字柏臣，他在这个缺上任职还不到一年，刚巧碰上开征时节，天天有银子进账，把他高兴坏了。哪知道乐极生悲，开征之后不到十天，家乡来了电报说他父亲去世了。王柏臣是亲生子，按例应当报丁忧。但报了丁忧就得交卸职务，这钱粮漕米只能眼睁睁看着别人去收。他看着电报，心里一转念，便赶忙把电报往身上一藏，吩咐左右不准声张。他完全没想过，一个州府衙门突然来了个电报，大家肯定以为是省里上司吩咐了什么公事，自然会去打听。大家知道王柏臣隐瞒丁忧的事情，不免指指点点，私下议论。

王柏臣知道瞒不住了，只好把账房和钱谷师爷请来商量。三人商量了一个办法，发布一则公告，宣布限时降价收税，乡下人觉得有利可图，自然踊跃参与，这样钱粮可以早收到手，还能落个好名声。果然，大家都赶着来交税。才半个月，这一季的钱粮已经收了八九成，王柏臣也赚了不少银子。账房和钱谷两位师爷又劝王柏臣："钱粮已经收到大半了，该报丁忧了，多少留点给后任收收，倘若后任一个子都捞不到，恐怕要出乱子。"王柏臣于是装出刚得知讣告的样子，干嚎了一场，接着穿了孝服，在衙门里设了老太爷的灵位，发报丧条子。全衙门上下以及大小绅士一齐都来吊唁。

转眼间，新任官员瞿耐庵就到了。他还没上任的时候，就盘算着正是税收的时节，迫不及待想立马上任。可等他接了官职，才知道钱粮已经被前任官员收走了九成，接着打听到王柏臣接到电报后十几天不报丁忧，又用降价的方法让乡下人赶着来交税，顿时气得话都说不出来。

瞿耐庵此时已经跟王柏臣水火不容了，处处挑剔，事事为难。王柏臣手底下那些最得力的书差，不到三天都被后任换了个干净。瞿耐庵一门心思只想着怎么跟前任作对，不管有理没理，只要是前任判定好的案子，他一定要翻过来；前任驳回的，到他手里就一定会批准。这样一连审了几天，兴国州的百姓已经闹翻了天，都说："如今来了这个糊涂官，我们百姓还有活路吗？"再加上瞿耐庵自以为自己是制台的亲戚，根本不把绅士们放在眼里，到任之后一家绅士也没有去拜访过，弄得那些原本指望跟他联络的绅士心生怨恨，都说："这位大老爷看不起我们，我们也不必帮他。"接下来会发生什么，且等下回分解。

第四十一回　乞保留极意媚乡绅　算交代有心改账簿

瞿耐庵因为收不到钱粮，极度怨恨王柏臣。他打听到王柏臣在接到丁忧电报后并没有立刻报丧，而是宣布降价收税。于是他立马请刑名师爷帮他写了个禀稿，准备揭发王柏臣隐瞒丧事。王柏臣得知了消息，急得像是热锅上的蚂蚁，忙请幕僚来商量，最后还是账房师爷想出了个主意，说："报丧的电报是从裕厚钱庄送来的，东家你可以找他们商量一下。"

裕厚钱庄是王柏臣的好朋友赵员外开的。王柏臣找到赵员外，把外面的风声和自己的担忧都跟赵员外说了，希望他能帮忙想想办法。赵员外听了之后，打定主意借机敲诈一笔。他做出一副深思熟虑的样子，过了一会儿才说：“这件事情不是三言两语就能解决的。我先出去跟朋友商量一下，再回来跟你说。”

王柏臣心急如焚，当天晚上又派了账房师爷前去打听消息。赵员外一见他，就说：“我有个主意。就说我们钱庄接到电报后，通知了各位绅士，大家都想让这位好官多留两天，故而隐瞒下来。至于钱粮为何提前降价，不如我们绅士联名写个禀帖，讲述百姓的苦难，请求他减价，日期往前填，然后递上去。这样一来，就显得王老先生的举动并非是因为丁忧。不过，我们这么做，无疑会跟后任结下仇恨，所以有几个人还拿不定主意。”账房师爷听了他的话，心里明白，便问赵员外需要多少钱打点。赵员外也不客气了，直接说要二千两银子。账房师爷一再讨价还价，赵员外最后同意只要一千。两人商定后，账房师爷回去告诉了王柏臣。王柏臣无可奈何，只好照办，第二天一早就把银子划了过去。

瞿耐庵听说众绅士递公禀要保留前任，也指望王柏臣真能留任，这样自己可以另谋他缺，又开始极力和前任拉拢关系。然而，过了一天，上面的批禀下来了，敦促王柏臣立刻交接。瞿耐庵绝了指望，一肚子火气又上来了，不再和前任见面。

在州县衙门里，每当过年过节，或者上司有喜庆之事，下属都要送礼金。每个职位该送多少，这孝敬的数目都是固定的。官员在上任时，也得按规矩送上司礼金。还有各种名目的开销，比如门敬、跟敬，等等，也是不可避免的。因此，新官上任时，后任账房先生总要找前任账房先生买那本开销的账簿。这本账簿记录了各种规矩和惯例，价钱可不低，有的可能要价三五百两银子，一般的至少也得一二百两或数十两。

瞿耐庵的账房就是他的小舅子，名叫贺推仁。他本来在家乡教书，后来姐夫得了官职，就升他做账房。他对账务一窍不通，被衙门的各种开销弄得头昏眼花。他找杂务门上的马二爷商量，马二爷是个老江湖，告诉他这本账簿是要用银子买的。贺推仁把这事告诉了瞿太太。瞿太太一听就不高兴了，舍不得花这个钱。

过了两天，府里有信来说，本府太尊[1]添了个孙少爷，各属都要送礼。瞿耐庵知道贺推仁不懂这个规矩，便询问办理钱粮赋税事务的钱谷师爷。钱谷师爷是个老行家，跑去找前任账房先生谈了谈，还是得花钱才能解决问题。然而，瞿耐庵听了太太的话，一个钱也不愿意出，事情就这样僵持住了。瞿耐庵见前任账房总不交账簿，心里着急，一天好几次派人去催。瞿太太出主意说："人心难测。就算他把账簿交出来，谁又能保证里面没做手脚呢？这些账目我听姐妹们说过，只要账簿到我手里，是真是假，我一眼就能看出来。你可以答应给他一百两银子，但要说好，先把账簿拿来看看，如果是真的，我们自然一分不少；如果让我查出有一笔假账，别说一个钱没有，我还要四处去揭发他。"

瞿耐庵听了太太的话，又去找钱谷师爷帮忙。钱谷师爷说："如果不送银子，人家肯定不会交出账簿的。"但瞿耐庵就是不肯先送银子。钱谷师爷急了，就说："如果账目不对，这一百两银子从我的报酬里扣就是了。"他以为这样说，他们就无法推辞了。哪知道瞿耐庵夫妇却信以为真，一口答应。

等到钱谷师爷把账簿拿过来，瞿太太稍微翻了翻，觉得兴国州是个大缺，送上司的寿礼、节礼至少应该有一百元，但账簿上写的只有八十元或是五十元。瞿太太便一口咬定这个账簿是前任账房改过的，要扣钱谷师爷的费用。钱谷师爷不肯，于是又闹出一场争执。要知道后来怎么样，且听下回分解。

---

① 太尊：清朝知府属员及部下对知府之尊称。

第四十二回 欢喜便宜暗中上当 附庸风雅忙里偷闲

钱谷师爷一听要扣钱，便闹着要辞馆。瞿耐庵想挽留他，但太太却坚持要扣钱，甚至说："一季扣不完，就分四季扣，少给一个子儿都不行！"瞿耐庵无奈，只能答应她。

瞿耐庵夫妇翻看账房簿子，却没找到府里太尊添了孙少爷应该给多少钱。瞿太太看到有一条是"本道添少爷，本署送贺敬一百元"，便说："本府比本道低一级，那一百元得打个八折，送八十元；孙少爷又不能和少爷比，应再打八折；八八六十四，就送他六十四元算了。"

谁知道这府里的太尊是旗人，名叫喜元。他祖老太爷在六十四岁那年生了他老太爷，就给他老太爷起名叫"六十四"。旗人特别忌讳触犯自己的讳名。这回孙少爷做满月，兴国州送的贺礼签条上竟写了"喜敬六十四元"。府里的门政大爷对派来的管家说："这签条上的字，'喜元'和'六十四'把他父子两代的讳都写上了。你们老爷既然做他的下属，怎么连他的讳都不打听打听？"管家愣住了，只能求他帮忙遮掩。

门政大爷想故意出这位老爷的丑，等他以后怕了来巴结，便直接奔上房，说道："这是新任兴国州知州瞿某人送孙少爷满月的贺礼，但是'到任礼'却没提起。"喜太尊一看"喜敬六十四元"六个小字，脸色登时就变了，骂道："这真是太不像话了！'到任礼'不送，贺礼也只送这么一点儿，还故意犯我忌讳。把钱还给他，不收！”门政大爷于是把钱和手本一起还给瞿耐庵的管家。

管家觉得事情不妙，连夜写了个禀帖给主人说明情况。瞿耐庵看过之后，赶紧去请教太太。太太听了反而觉得无所谓，说：“他不收，那很好！好歹我们是暂时署理，好不好也就一年，不用讨好他。”瞿耐庵觉得有道理，就写信把管家叫了回来。本府喜太尊等了半个月，不见兴国州再送钱来，“到任礼”也始终没送。太尊一打听，才知道他有这么一位太太，虽然面上不说，但暗地里想办法。瞿耐庵夫妇见本府也不能奈何他们，以后胆子更大，除了总督、巡抚和布政司、按察司之外，其余的人都不在他们眼里。各位司、道大人看在他和总督有点关系的分上，不与他计较，但心里都恨他。

不知不觉，瞿耐庵到任已经半年了。他治下的百姓因为他断案糊涂而痛心疾首，上司、同僚也没有一个喜欢他。他处处弄得天怒人怨，却毫不自知。而这时，他太太所依靠的干外公湍制台奉旨进京陛见，随后被委任为署理直隶总督。

新任代理总督姓贾名世文，自称有两大绝技：一是画梅花，一是写字。他平日最开心的事，就是有人找他求墨宝或者赐画。每当有人求他书画，他总会询问这人的履历，如果有空缺就给他们安排职位。候补官员中，有些人就靠这条路子得到了职位。

一日，候补知县卫瓒前来拜访他，两人聊了几句，卫瓒就从袖子里掏出一卷纸，说：“大人画的梅花，我实在喜欢得很！求大人赏画一张，我预备将来传给子孙。”贾制台一听非常开心，立刻摊开纸开始作画。这时，巡捕进来通报藩司等人有公事求见，贾制台正在兴头上，就传话让这些人先等着。藩司在外等得不耐烦，又听闻督宪在里面为一候补知县画画，不禁大怒，直接回衙门去了。隔了一阵子，贾制台完成了画作，和卫瓒一起欣赏了一会儿，这才想起藩台已经等了很久了。他立刻来到官厅，见藩台已经走了，也就算了。

贾制台有一位堂舅，听说贤甥升任总督，欢喜得不得了，打算亲自去湖北一趟，顺便找点事做。正当他准备动身时，却突然病倒了，只能写了一封信，派大儿子代为前往。他大儿子有点秃顶，因为姓萧，乡下人都叫他“萧秃子”，叫着叫着就成了“小兔子”。小兔子没见过什么大世面，想着要见制台就紧张得直冒汗。贾制台召见他，寒暄和问候了几句，但小兔子只是唯唯诺诺地应答，贾制台也没了谈话的兴致，只吩咐他在客栈暂住，等自己写好回信和银子一起送过来。贾制台每天公务繁忙，转眼就把这事忘了。小兔子在客栈里住了两个月，也不敢再去见表哥。突然有一天，贾制台接到了舅母的电报，说舅太爷去世了，恳请他立刻让儿子回去。贾制台赶紧叫人把表弟找来，责怪他为何不来找自己，然后给了他一些钱，让他赶紧启程回家。若想知道后来发生了什么，且听下回分解。

第四十三回 八座荒唐起居无节 一班龌龊堂构相承

小兔子上船后就东张西望，没看好自己的行李，不久银子就被偷了。船上的人为了摆脱麻烦，就把他送到岸上，让他自己去告状。小兔子问清楚停靠的地方归蕲州管辖，便直奔蕲州告状。蕲州的知州区奉仁一听是制台的表弟，便私下答应赔偿小兔子所有丢失的银子，还额外赠送了二十四两银子作为路费。他帮小兔子写了船票，派了一个家人和两个练勇送他回家。然后，他自己前往省城向制台当面汇报此事。

等区知州抵达省城，已经是晚上了。不过贾制台生活不规律，三四更天也一样会客，巡捕和号房都是轮流在上院伺候。区奉仁走进官厅，看到里面有个人半躺在炕上打盹儿。区奉仁等了很久，依然没有人来通报，忍不住问："什么时候能见到总督呢？"管家回答道："说不定，可能马上就能见，可能要等十天半个月，也有可能一直不见。"区奉仁说："我是有差事的人，见总督一面，把事情交代清楚了还要赶回去，如此耽误可怎么好！"这时，刚刚在炕上打盹的那个人醒了，揉了揉眼睛，说道："你才来了一会儿就已经等得不耐烦了，我到这里快有一个月了！"区奉仁一听这话，大为错愕，忙站起来请教对方的姓名和职务。那人也起身相迎，回称自己叫瞿耐庵。

原来，瞿耐庵到兴国州后，和前任账房先起了过节。这位账房先生便在移交的账簿上做了手脚。瞿耐庵按照这个假账目去送礼，得罪了不少人。湍制台在湖北的时候，瞿耐庵还能靠着他的影响力唬住众人。湍制台一调走，瞿耐庵这个所谓的"假外孙婿"就没了靠山。贾制台新上任时，看在前任的面子上，没马上撤他的职，但后来有越来越多的人说他坏话，还揭露了他在任上如何糊涂断案，太太如何贪财。正好首府上省汇报工作，贾制台问首府的意见，首府又添油加醋地说了一番坏话，贾制台才决定撤他的职。

瞿耐庵被撤职后，回到省城，接连三天去制台衙门求见，制台都没见他。后来因为要考核一批官员，制台才突然想到他，传令见他。瞿耐庵听到传唤，急得午饭都没吃就赶去衙门。谁知道等了一天也不见制台传唤，他向一个认识的巡捕请教，那巡捕却吓唬他说制台脾气不好，他必须一直等着。瞿耐庵吓得不敢回家，就在官厅上等着，这一等就是一个月。

区奉仁也在官厅里等了两天，后面实在撑不住了，就找到制台的一个门卫，花了一千两银子，托他帮忙疏通。结果当天就被制台召见了。等见了面，制台简单问了几句话，就端茶送客了。之后，区奉仁又去藩台和臬台的衙门拜访，然后回到住处收拾行李。刚要出发，有人拿着名片上来说："新选的蕲州吏目随凤占随太爷特来求见。"又说，"自从老爷您一来这里，不知道他怎么打听到的，当天就跑来了。您一直没回家，他就一连跑了好几趟。他说您是他的顶头上司，应该天天来这儿伺候。"因为赶着坐船，区奉仁只和随凤占简单聊了几句。

随凤占在省城待了十几天，一直没有收到去新职位的调令。他心下着急，便天天拜访首府，首府有一次还单独请他进去谈了两句，答应帮他美言几句。有一天，首府见了藩台，顺便替随凤占求了求情，藩台也答应了。首府回来就召见随凤占，把藩台答应的话说了一遍，随凤占自然非常感激首府的栽培。

等到随凤占出来之后，那些同班的人赶上前问他："首府传见你有什么事情？"随凤占得意扬扬地乱吹嘘，说首府给他两个差使让他选，还让他帮着保举几人。大家以为他同首府关系好，都纷纷围过来套近乎。其中有个人搬了个架子，请随凤占坐下聊天。随凤占不好拒绝他的好意，就和他并排坐了下来，还问了对方的名字。那人说，他叫申守尧，从二十四岁就开始出来候补，现在都六十八岁了。他曾捐了个典史的职位，后面因为一点儿小错被免职了。

他们正聊得投机之时，忽然一个穿着破旧的老妈子走过来，对申守尧说："老爷，您的事情办完了吗？衣服脱下来交给我吧，我好帮您拿回去。家里今天还没米下锅，太太让我去当铺，我得赶回去了。"申守尧觉得这老妈子不会说话，让他失了面子，伸手就给了她一巴掌，打得她一个踉跄，摔倒在地。欲知后事如何，且等下回分解。

第四十四回 跌茶碗初次上台盘 拉辫子两番争节礼

申守尧因为老妈子让他当众丢面子，一冲动就给了她一巴掌。这个老妈子也不是好惹的，顺势躺在地上大哭。最后还是府里的门政大爷出面，威胁要把她送到县里去，这才让她止住哭声。申守尧回到住处，见那老妈子坐在堂屋里又哭又骂的，顿时火冒三丈，让她赶紧滚。老妈子不依不饶，让申守尧先把工钱结算清楚。她东算西算，说欠她十二块洋钱，还威胁说不给够工钱就去官府告他。申太太赶紧过来劝解，她心里明白家里现在连三块都拿不出来。太太让仆人去当了东西，买了米回来下锅煮饭。她一边吃一边流泪，说："别人做官是发财，我们做官越做越穷，现在连饭都没得吃。"申守尧听了满面羞愧，刚好有朋友来找他，他就出去了。

不到两个钟头，申守尧就回来了，兴奋得拍手跳脚，对太太说："我们终于有了出头之日！制台说从明天开始，佐杂一级的官员也有座位坐，不像以前只能站着。现在我们佐班竟然和藩台平起平坐了。"

因为制台的话，第二天上衙门的人格外多。制台见完各级官员，又让巡捕传见三十位佐班官员。到了会客厅，制台让大家坐下。第一次见这么大的官，大家都有些战战兢兢的，有的坐在茶几上，有的椅子上已经有人了还要挤着坐，乱成一团。制台简单说了几句，就端起茶碗送客。大家都跟着端起茶碗站起来。就在这时，“啪”的一声，一个茶碗掉在地上摔碎了。一位官员蹲在地上捡碎片，嘴里喃喃自语地说自己该死。此人正是申守尧，他早已羞愧得满脸通红，无地自容。

离开府院后，随凤占又去藩台府和臬司府叩谢禀辞。他这次被委任的职位在湖北省的佐贰[①]实缺中还算中等。到了蕲州，随凤占按惯例先去拜见堂翁[②]区奉仁大老爷，然后一一拜访堂翁衙门里的官亲、老夫子们，以及同僚和当地的绅士。

随凤占在腊月十九接印上任。虽然是初次上任，但他家世代为官，清楚做捕厅[③]的好处主要在于节日的礼金，所以急着上任，就怕节礼被前任先拿走了。一上任，他就立刻派人去通知各烟馆、赌场、当铺、盐公堂[④]，告诉他们当家人一律不准将年底的节礼给前任。但是，依然有不少商铺已经被前任预收了节礼。

随凤占于是亲自去拜访前任，说道：“我今日走了几家，他们都说这份年礼已经被你征收了。我是实缺，你只是代理。而且现在还在腊月，我想你应该不至于如此，特地过来问一声。”前任冷哼了两声，说道：“你到任不过十几天，我在任一百多天，论理年底的这份礼都应该我收才是。”两人越说越生气，到后面居然动起手来，从右堂扭打到正堂的宅门里头。这时，几位门政大爷正在那里玩麻雀牌，都上前来劝阻。州里的执帖门上急得直跺脚：“说起来都是官，怎么就连一点儿基本的礼节都不懂了？”随凤

① 佐贰：旧时指担任副职的官吏。

② 堂翁：明清时县里的属员对知县的尊称。

③ 捕厅：清朝州县官署中的佐杂官，如吏目、典史等，因有缉捕之责，故称捕厅。

④ 盐公堂：清朝对盐的销售有严格要求，先由政府购买盐场的盐，再运到设在各地的盐栈，最后批发给当地商人销售。大的盐栈叫督销局，小的盐栈叫盐公堂。

占和前任羞得无地自容，深悔刚刚太冲动，在这些奴才面前丢了脸。一场大闹就这样平息了。

等到年下，随凤占差人到已经交了年礼的几家当铺又收了一份年礼，这事才算过去。

转眼间到了四月，各地的死刑犯这个时候都要解往省城“秋审”[①]，府太尊会从捕厅委派两位解犯进省。这趟差事会耽误一两个月，按照惯例会在本府的候补佐贰中轮派两人前往代理。这年，府太尊委派的两人中恰好有随凤占在内。随凤占照例交卸职务，解犯上省。他想着如果没有耽误，大约四月底五月初就能回来，还能赶上收端午节的节礼。不料各属的犯人刚刚全部运到省城，抚台偏偏生病了，“秋审”一事就被延迟到端午节后。

随凤占不想节礼被代理夺去，便偷偷赶回蕲州，天天待在那几家当铺或是盐公堂里，骗人家说自己公事已经办完，把所有的节礼都收走了。再说代理人，他听说“秋审”一事被搁置，满心欢喜，哪知等到初五才知道节礼早被随太爷半路截去了。他顿时气急败坏，在一小客栈里把随太爷找着，扭着随太爷，说要告他擅离职守。接下来会发生什么，且等下回分解。

---

① 秋审：特指对地方上报死刑案件的复核。各省的督抚需要将本省所有被判处斩和斩监候（相当于现代的死缓）的案件交由布政使、按察史一同复审，并提出五种处理意见：情实、缓决、可矜、留养承祀、可疑。如果确认了情实，到秋后就要处决。缓决则等下一年秋审时再决定，如果连续三次缓决，就可以免死罪，减轻发落。可矜指案情属实，但情有可原，予以免死。留养承祀指罪犯系独子，父母病老无人侍养，按留养案奏请皇帝裁决。可疑的则退回各省重新审理。

第四十五回 擅受民词声名扫地 渥承宪眷气焰熏天

随凤占自知理亏，连夜赶到州里去拜见堂翁，希望他能出面调解。区奉仁想着随凤占平时恪守下属的规矩，也有心想要帮他。这时，代理钱琼光也来拜会堂翁，他跪在地上，从袖子里抽出一个禀帖，双手奉上，满眼含泪。区奉仁看完禀帖，说："随凤占私自回来，确实不应该。但是你告他冒收节敬，这节敬能上禀帖吗？"钱琼光听了恍然大悟，生怕堂翁真的追究起来。

之后，区奉仁把账房请了来，让他给这两人调解。随凤占擅离职守，罚他把已经收到的节礼退出一半，作为对后任的补偿。随凤占极不情愿地将十六块大洋交给账房。第二天一早，钱琼光找账房师爷打探口风。账房师爷佯说去东家那儿替他求情，隔阵子回来说东家已经答应不再追究，又说自己再三替他和随凤占商量，把节礼分了一半出来。钱琼光没想到居然还能拿到十六块洋钱，激动得趴在地上磕了八个头。

回到捕厅里，钱琼光想着该怎么酬谢账房师爷。他想起毡帽铺的掌柜王二瞎子曾约他去新来的档子班[①]的船上玩，决定明晚就在这船上设宴邀请账房师爷。他吩咐管家去找王二瞎子，托他通知档子班船，明晚到馆子里叫几样好菜，请州里账房师老爷吃饭。考虑到人多更热闹，他又请了咸肉铺老板孙老荤，还有丰大药材跑街周小驴子。

① 档子班：指艺妓班子。

第二天一早，钱琼光亲自去请账房师爷，结果账房师爷忙得不可开交，只说了声“对不起”就继续做事了。钱琼光走到门房，想着干脆请其他人。他让执帖门上帮忙请钱漕、稿案、杂务、签押、书稟、用印等几位来参加今晚的饭局。结果，问了一圈，只有跟班萧二爷说等老爷睡了一定过来。到了下午，王二瞎子跑来问账房师爷什么时候来。钱琼光羞得脸发红，解释说师爷有事，另请了两位衙门里的人。

两人走进船舱，隔了一会儿，孙老荤和周小驴子也来了。周小驴子坐下后，说自己有个乡亲，以前他姑妈在世时，曾答应把自己的女儿许配给乡亲做媳妇。后来姑妈去世了，姑父嫌弃这个乡亲不学好，把女儿又许给了别人。因为当年只是口头承诺，没有媒证和婚书，所以他这个乡亲想拜托钱老爷出一张传票，他愿意多给孝敬费。钱琼光笑道：“你回去告诉他，明天一早把状子送过来，我这边签字盖章，当天就出传票。”

过了很久，萧二爷才来。大家坐下后，钱琼光先问：“萧二爷怎么这么晚才来？”萧二爷回答道：“本来九点半就可以来的，但我们东家接到省里一封信，这事外面还没有人知道。先送个信给你，你明天一早就过来道喜。”钱琼光忙问：“堂翁有什么喜事？”萧二爷回答道：“我们东家升官了，被委任了知府。”很快，店家便安排宴席，萧二爷自然是坐在首位。

第二天早上，钱琼光回到捕衙。不久，周小驴子也来了，拿出稟帖和七块银元。钱琼光记下原被告的名字，仔细斟酌了一番，然后从抽屉里拿出票填好。他派了一个人，同周小驴子一同前去。周小驴子离开后，钱琼光急忙赶到州里去。此时整个总督衙门因老爷得到了保举，洋溢着喜庆的气氛。钱琼光走进大厅，恭恭敬敬地跪下磕了三个头，向堂翁道喜，又跟各位师爷打招呼。

堂翁示意他坐下，得意地说：“我现在已经升了直隶州的同知，再升就是知府了，而且这是皇上的恩赐，比买来的体面多了。”

正说着，忽然外面传来一阵喧闹声，只见随从飞快地跑进来报告说：“有个光棍想要娶一户人家的女儿，那家人不肯，这光棍就找人花钱给钱太爷，托钱太爷出票子抓那个女儿的父亲，说抓去要打板子。那父亲急了，就吃了生鸦片，现在不知是死是活。邻居们不服气，就闹到这里来了。”钱琼光一听，吓得魂飞魄散，赶紧跪在地上，不停地磕头求饶。区奉仁对着钱琼光大发脾气，让他自己把事情处理好，随即拂袖离开。

钱琼光只好向账房师爷求助。师爷提醒他赶紧想办法平息这件事，不要等堂翁升堂审问。师爷的一句话提醒了钱琼光，他立刻去找王二瞎子帮忙。幸好原告吞的鸦片不多，经救治已无大碍。王二瞎子等人连哄带吓，原告只求太爷不要逼他把女儿嫁给那个光棍，他愿意停止诉讼。钱琼光立刻答应了。碰巧堂翁这两天因为升官满心欢喜，也没有追问这件事。过了两天，随凤占回任，钱琼光按照惯例交卸了职务。欲知后事如何，且听下回分解。

第四十六回　却洋货尚书挽利权　换银票公子工心计

蕲州州官区奉仁得到了保举，特地进省叩谢上级的恩典。他正想回到任上，却突然接到了藩台的公事，说京城派了一位钦差大人来清查财政，区奉仁以前做过收支委员，故而让他暂时留在省城协助。

这位钦差大人姓童，表字子良，两榜出身[1]，现在正奉命署理户部尚书[2]。目前朝廷国库空虚，有人上奏折说东南各省都是财税重地，但很多地方的税收被中饱私囊，如果不派亲信大臣去各省详细稽查，将来定会动摇国家根本。皇帝看了这个奏折，召见军机大臣和户部尚书商议此事。童子良也认为此举可行，并自荐前往查账筹款。朝廷批准了他的请求。

童子良平生最讨厌洋人。无论吃的用的，凡是带个“洋”字的，他都一概不碰。平日收钱，他也是只收银子或银票，不收洋钱。另外，童大人虽然爱钱，但不喜欢花钱。别人送给他的礼金，他都藏在一间小屋里。那屋子没有窗户，除他之外谁都不让进。

童大人带着一众官员、随从，和自己的大儿子离开京城，奉旨查账。此番出行，他不坐火车、轮船，而是走官道到清江浦，再坐民船下江南。因为途经山东，朝廷便命他顺便查看河工。动身之前，他发信给各个地方的高官，让他们通知下属，严禁地方官为他操办接待事宜。大家都以为这位钦差大臣清廉自守，谁知道他的花费其实更多。比如：钦差坐的是长轿，抬轿子的每班有四人，每天要换三班。加上随行的官员，轿子至少需要二三十顶，轿车、大车一百多辆，马也要一百多匹。部门里给的旅费如何够用？钦差每到一处，总让地方官将所有接待费用写好收据，再到他那里领取。但是谁又敢向钦差讨要呢？

---

① 两榜出身：在清朝的科举制度中，考中举人称为“乙榜”，考中进士称为“甲榜”。由举人考中进士，被称为“两榜出身”。进士榜通常用黄纸书写，因此也被称为“黄甲”或“金榜”，中进士则称为“金榜题名”。

② 户部尚书：户部是清朝六部之一，掌管国家财政大权，负责财政、税收、审计、仓储等方面的事务。户部尚书是清朝最高财政长官，直接对皇帝负责。其下设十四个清吏司，分别管理各地财政、钱粮、关税等事务。

因为要查办河工，童大人便绕道济南。山东省城早就知道钦差不喜欢洋货，行辕内的一切摆设，凡是洋钟、洋灯、洋桌之类的，一律不用。到了晚上，就点上无数牛油蜡烛，倒也还明亮。钦差在济南住了十来天，河工局里送了他几万银子，巡抚送了路费，司、道、府、县各级官员也送来孝敬费用，他都一一笑纳。

平度州知州巴吉，最近正好在省里找门路寻求晋升。巴吉有个哥哥，曾在钦差门下学习，巴吉凭借此关系，带着门生的名帖去拜见钦差，竟然得到了传见。见面结束后，他的亲戚劝他送一份厚重的礼物给钦差，趁机请钦差帮忙说两句好话。巴吉觉得有道理，便托亲戚办了一份价值六千两银子的礼物。不料送礼的家人没去多久，就匆匆赶回来，说是礼单中有一打盘珠打璜金表。钦差的巡捕告知这是大人最忌讳的东西，但又不准他们把东西拿回来。巴吉急了，亲自赶去。巡捕说大少爷已经知道这件事了，若想平安无事，需要送银子给大少爷，托他想办法。巴吉无奈，只好又写了一张二千银子的票据送了进去。巡捕将表和银子交给了大少爷，大少爷教了巡捕一番话，巡捕自然心领神会。

巡捕将手本、礼单递交给童子良，童子良一看到有金表，脸色立刻沉了下来。大少爷则佯装生气，把金表砸到地上摔烂，又让人赶紧把东西清扫出去。童大人训斥巡捕："你在我这里当差，连这个都不知道吗？任由他们拿这个来气我！"巡捕见表被清了出去，没有对证，这才开口辩解："回大人的话，巴大人说他这个表是本地匠人仿照洋表自己造的，表上还有'大清光绪年制'六个字呢。"童子良听了居然信以为真。也因此事，童大人在巡抚面前替巴吉说了好话，巴吉也如愿得到提升。

大少爷这次跟父亲出来，银子也得了不少，不过人心总是没有满足的时候。他知道父亲把收到的银子都换成了银票，锁在一个匣子里面，每天早晚都会查点一次。这日，父子两人吃过晚饭，简单寒暄了几句，童子良便催促儿子回自己的船。大少爷心知父亲打算查点银票，便趁天黑没人注意到他，偷偷摸到父亲住的那间舱房，从窗板的缝隙往里看。他观察到父亲只是一张张地数，不会仔细看票面上的金额，心中便有了主意。后面几天，他等父亲上岸拜客或赴宴的空当，用预先配好的钥匙打开父亲的舱房，找到匣子，用小面额的银票换掉里面大面额的银票，再将匣子放回原处。虽然童钦差每天清查银票，却始终没有发现这个秘密。而且，童大人平时舍不得花钱，回京后也只会把匣子存放在黑屋子里。欲知后事如何，且等下回分解。

第四十七回 喜掉文频频说白字 为惜费急急煮乌烟

童子良接着前往苏州。江苏是个财富之地，童子良此番奉旨而来，既为查旧账，也为筹集新款。江苏巡抚徐长绵是一榜出身，有些学问。藩台叫施步彤，臬台是萧卣才，他俩一个是保举的，一个是捐班出身。施藩台虽然文理不通，但特别喜欢卖弄学问，结果经常闹笑话。比如，把“量入为出”说成“量人为出”。

转眼间，童钦差已经到了苏州。他先见了巡抚徐长绵，后又单独传了藩台和臬台。童大人问了藩台几个财务上的问题，但藩台都只回复“是”，把童子良气得无话可说。

接下来，童钦差又一一传见了牙厘局总办、铜元局委员等人，无非就是查问他们一年实收多少、开销多少、盈余多少。虽然所有局所都造了四柱清册[1]呈送钦差过目，但童子良还是不放心，疑心这些账都是假造的。因此，他不仅召见总办、会办、大小委员，还得把局子里的司事一起传到行辕分班回话。

现任苏州府知府卜琼名善于奉承，差事又办得好。童钦差很赞赏他，遇事常同他商量。童钦差此番巡查，不仅为查账，更是为了筹款。他这些天查账没有查到任何问题，不由得担心筹不到足够的银子，回京无法交代。卜知府了解钦差的心事，便主动献策说："苏州有些乡下应缴的钱粮漕米，都被地方上的绅士包揽了，总不能缴足。有的缴八九成，有的缴六七成，地方官怕他们，一直拿他们没办法。多年积攒下来，数量可不少。"卜知府接着说："现在最好的办法，是大人发个命令，说要清理赋税，谁敢拖欠，我们就办谁。这笔钱清理出来，也足够大人回京复旨交代的了。"童子良这两天正因为筹不到款而焦虑，听了此言非常开心，就委派卜知府做总办，专门负责清赋。卜知府收到委任，先是查取拖欠的数目及各花户的姓名，查明之后，立刻委派官员，分赴各地抓人。那些绅士为了凑钱弥补这笔亏空，卖田地，卖房子，转让生意，甚至有卖儿卖女的。

说完苏州卜知府，再来说徐州知府万向荣。万知府有两个儿子，都好赌博。最近他们常去一破落乡绅家里赌博，无奈手气不好，屡赌屡输，不到几天就输掉了五千多两银子。两人心生一计，将此地聚众赌博的事情告诉父亲。万知府悄悄传齐差役，等到三

---

① 四柱清册：旧时官府在办理钱粮报销或移交时编制的报表，又叫"四柱册"。四柱分别为"旧管""新收""开除""实在"。"旧管"指"期初余额（或上期结存）"，"新收"指"本期增加额"，"开除"指"本期减少额"，"实在"指"期末余额"。四柱结算的基本公式为"旧管＋新收－开除＝实在"。

更半夜，按照儿子所说的地方前往拿人。这次行动抓了十几个人，其中还有几个有头有面的。桌子上放着的洋钱、银子、银票、戒指、金表等，连着筹码、骨牌，被万太尊指为赌具，全部打包收走，放在自己轿子里，说是带回衙门销毁充公。

第二天，陆陆续续来了很多人，用几百到几千不等的银子，把抓到的人统统保了出去。那些被抓的人猜来猜去，认定是万知府的两个儿子泄露了消息。他们气愤不过，说万知府既纵容儿子胡作非为，又借抓赌为名敲诈勒索。这件事越闹越大，传到了京城。正好童子良在江南办差，军机处便让他顺便查办此事。童子良让一名随员悄悄到徐州暗访。那随员到了徐州，却暗地里给万太尊透露风声。万太尊得到消息，立刻亲自来拜访，送钱送礼，这件事最终也不了了之了。

这时，童子良已经坐船到了南京。万太尊也跟着进省城，还通过先前那个随员，拜了童子良为老师，借机送了一份厚礼。这天他进去禀见，碰巧遇见童子良病了一天一夜，上吐下泻。万太尊小心翼翼道："上吐下泻的病，只要抽两口鸦片烟就好了。"童子良道："近年来鸦片的价钱越来越贵了，几百两银子也只够买十几两鸦片。"万太尊忙说："老师病情要紧，我这次带来的烟土不多，只够老师一年用的，等我回去再替老师办些。"万太尊回到住处，连忙把带来的烟土送到行辕。童子良当下就吩咐人在花厅上摆起四个炉子熬烟，还派了大少爷及三个心腹随员在旁监督。三间厅中烟雾缭绕，来访的官员见了都很诧异。欲知后事如何，且等下回分解。

第四十八回 还私债巧邀上宪欢 骗公文忍绝良朋义

童钦差在南京养了半个月的病，身体康复了，公务也处理完了，总共筹集了将近一百万两银子。接着，他便起身前往安徽。

安徽现任巡抚蒋愚斋是军功出身，因为皖北一带土匪活动频繁，朝廷才特地调他过来。蒋中丞接任后，派了营务处的道台黄保信和副将胡鸾仁前去剿匪。他们到了不久，就上帖请求增援。蒋中丞于是加派了一名记名总兵[①]盖道运去增援，同时还发了一个札子，叫他们迎头痛击土匪。不到两个月，匪乱被平定了，而那一带的村庄也被这三位架起大炮轰没了。三位“得胜回朝”，却被御史参了几本，说他们滥杀无辜，又说蒋中丞滥保匪人。朝廷于是让童子良来查办。

安徽有个候补知府叫刁迈彭，历任高官都喜欢他，好差事都有他一份。蒋中丞早就听说过此人，很不喜欢这种善于钻营的人。刁迈彭得知后，日夜思索笼络新巡抚的法子。一日，刁府中一位平日受太太器重的老妈，人称王妈的，被同伴告发做贼，太太让人去找荐头[②]。谁料等了好几个时辰荐头才来，刁太太发怒，荐头忙分辩道：“抚台大人的三姨太太昨日添了一位小少爷，叫我雇个奶妈，刚刚就在忙这件事。”刁迈彭在一旁听见，突然有了主

① 记名总兵：相当于总兵候补。清代总兵为绿营兵正，官阶正二品，受提督统辖，掌理本镇军务，又称“总镇”。

② 荐头：旧时以介绍佣工为业的人。

意。他赶紧安抚荐头，还放过了那位王妈，只将她辞退。第二天，那个荐头又推荐了一个新人来。刁迈彭有意拉拢荐头，就跟他聊家常，两人后来甚至无话不谈。一天，刁迈彭对荐头说：“上次被辞退的那个王妈，我看这人挺机灵，想托你把她推荐到抚台衙门里去，帮我打听消息。这件事情办成了，定有重赏。”

荐头寻个机会，把王妈推荐给最受抚台宠爱的二姨太。有一天，王妈报告说，抚台大人最近总是愁眉苦脸，听二姨太说，大人曾欠一家钱庄七千银子。目前催债的人就住在附近的一家客栈里。大人一向清廉，一时拿不出这么多银子，感到非常头疼。刁迈彭得知消息后，费尽心思结识了这个催债的人，故意透露说这位抚台很有钱，好让那人加大催债力度。果然，王妈又报告说，大人这两天总是心烦意乱，饭也吃不下。刁迈彭听了非常高兴，心想：“时机到了。”

抚台大人这些天正为还钱的事烦心，忽然发现催债的人好几天没来了，他派人到客栈打听，说这个人已经拿到钱回北京了。抚台听了，更是满腹狐疑。这时，刁迈彭前来进见。进去后，刁迈彭拿出一个手折，双手送给抚台，说是自己新拟的两条建议。抚台打开手折，发现里面夹着两张纸，一张自己欠银子的借据，上面写着“已还清”，一张则是讨债人的感谢信。自此，蒋中丞便对刁迈彭另眼相看，委任他做衙门的总文案。

又过了一个月，童钦差要来的消息传开，所有担任银钱差使的人都捏着一把汗。刁迈彭早就派人去南京弄到别人报销的底本，打听到怎样能避免被钦差批驳。等到钦差吩咐下来，他第二天就把册子呈了上去，且完全合乎要求。钦差非常赏识他，跟蒋抚台说要上折子保举此人，抚台自然也赞成。

童钦差在查账的同时，派了两个心腹前往皖北调查“误剿良民滥保匪人”一案，调查结果和御史所参的丝毫不差。钦差便发公文给抚台，要他把盖道运、黄保信、胡鸾仁三人先行摘去顶戴，交首府看管，等候审理。盖道运不服，争辩说：“我们是奉公执行任务，钦差问起来，我有抚台指令为凭！”

这话传到了蒋抚台耳中，他大吃一惊，马上调出指令原稿查看，看到其中有一句叫他们“迎头痛剿”，不由得懊恼不已。他知道刁迈彭脑子灵活，立刻请他来商量对策。刁迈彭低头沉思了半天，想出一个点子。离开府院后，刁迈彭找到范颜清。这人和盖道运是郎舅关系，后来因为借钱的事情闹翻了。刁迈彭先试探对方的口气，确认范颜清对盖道运满腹怨言，便把抚台所托之事一一道出。范颜清满口答应。

两人带着饭菜，去监狱慰问盖道运，刁迈彭又义正词严地说了一番话。盖道运是个武人，更加容易哄骗，说自己有抚台的指令为凭，不用担心。刁迈彭关切地说：“那些文官的心眼儿比你多，你先把指令拿出来，我帮你看看有无漏洞。”盖道运想都没想，就将公文递给了刁迈彭。这时，范颜清故意在旁转移盖道运的注意，刁迈彭则急忙用藏在衣袖里的指令替换了原来的那份。这份指令将“迎头痛剿”改为了“相机剿办”，让抚台轻松撇清关系。

接着，刁迈彭让蒋抚台赶紧写奏折，争取比钦差的奏折先送到京城。蒋抚台立刻拟了奏折，让驿站六百里加急送，果然比钦差的奏折早到了好几天。不久，皇上的谕旨下达，蒋巡抚“革职留任”，仍然做抚台。等盖道运知道真相，已经来不及了。欲知后事如何，请等下回分解。

第四十九回 焚遗财伤心说命妇 造揭帖密计遣群姬

刁迈彭受到童钦差赏识，又得蒋巡抚的感激，两人都明保他。刁迈彭趁机进京引见，到了京城之后，他又走了门路，最终以道员的身份被派往安徽，任芜湖关道[①]。

他管辖地有位外来的绅士，名叫张守财，这人带了十几年的兵，还做过一任提督，积攒了约三百万的家产。张守财家资丰厚，可惜直到七十岁都没有子女。他有十九位太太，其中正太太是续娶的，年龄不过四十来岁。刁迈彭是官场中的老油条，遇到这种有钱有势的人物自然会用心拉拢。两人起初只是请吃饭喝酒，到后来竟然拜了把子。张守财身体越来越糟糕，附近有名气的医生都被请来了，一帖药花费至少六七十块洋钱，但仍旧不见好转，最后还是病逝了。

办丧期间，张府请了四十九位僧人全天在大厅上念经拜佛，晚上还要"施食"，真是昼夜不得安宁。后面又因为一件小事，一位姨太太觉得太太不给她面子，竟然跑到张军门的灵前，又哭又骂，说太太打算留着钱贴补汉子。太太听了气得瑟瑟发抖，冲动之下，她将一叠房产契约和银钱票据直接扔进焚化炉里，呼啦啦地全烧了。烧完之后，她还想从柜子里再取一叠继续烧，被几个老妈抱住，按在椅子上。有人赶忙去衙门报信，刁迈彭匆匆赶来，看着炉子里还在冒烟的灰烬连连叹气，然后又去见张太太。此时

① 关道：指清代管理海关事务的道员。

张太太已经哭得头发散乱，恳求刁迈彭为她作主。刁迈彭答应帮忙料理家事。

刁迈彭和张太太商量了一个计策，可以只用些小钱就将这些姨太太打发走。张太太听了非常满意，满脸堆笑地说：“看来我们军门的眼光确实不错，交了你这个可以托付后事的朋友。”此后，张太太对那些姨太太变得非常友善。她推说身体不适，整日待在房间里，却纵着姨太太们每日无拘无束地出去玩乐。

刁迈彭找太太要了几个府中有权势的老差官，将衙门的差事委给他们，但依然住在这儿，府上有事可以随叫随到。这些人正担心军门去世后自己会失业呢，现在突然得到这么好的差事，自然对刁迈彭感激不尽，对他言听计从。

这样过了一个多月，其间刁迈彭总说公务繁忙，再没来过张府，却时常把那些新委任的张府差官叫来训话，让他们帮着照看张府。

一日，刁迈彭来到城隍庙里烧香磕头时，发现神桌下有一张纸，捡起来看了一眼后，就放进了袖子里。回府后，刁迈彭让手下的人都退下，单独把张府差官们叫了进来，拿出那张字帖给他们看。字帖上面写着：“芜湖城里出新闻，提督军门开后门，日日人前来卖俏，便宜浪子与淫僧。”差官看后气愤不已，全部跪下求刁迈彭帮已故的军门处理此事。

又过了两天，两个差官看见城墙上贴着一张字帖，内容和之前刁大人在城隍庙捡到的那张类似，只是第二句改成了“大小老婆开后门”。他们立刻上前把字帖揭下来，拿回张公馆给太太看。太太看了，气得又哭又骂。正闹着，刁大人来了。张太太一见他就跪下了，表示自己无论如何也不能再和这群狐狸精住在一起，如果刁迈彭不能处理此事，她宁愿一死了之。

一差官提议道："现在没别的办法，只能求刁大人把这些姨太太都叫出来问问，如果她们愿意守规矩就留下，以后不准再出府；如果不愿意，就请她们另外找地方住。"刁迈彭也觉得有理，然后和太太商量遣散费用。张太太一定要刁迈彭来定。刁迈彭无奈，只得说："各人的衣服、首饰还是归各人所有，张大哥的当铺平均分给姨太太们，每人写明：当本三万，只准取利，不准动本。另外每人再给一千两银子的搬家费，不走的不给。"他说话的时候，姨太太们躲在孝幔里，都听得一清二楚。十八位姨太太中，有十五位愿意离开府邸。欲知后事如何，且听下回分解。

第五十回 听主使豪仆学摸金 抗官威洋奴唆吃教

张军门的十八位姨太太，有三个愿意跟着太太过日子，有五位回娘家了。剩下的十位，一起在外面租了三栋五层的阁楼，大家住在一起，既能省钱又能互相照应。

在她们搬出张府的前一天，刁迈彭特地派差官告诉她们："诸位姨太太虽然搬出去住了，但也要顾及自己的名声。那些寺庙、戏园、饭店等地方，都不能去。现在大人已经在这些地方贴了告示，不许妇女进去玩耍。如果不遵守，一定会受到严厉的惩罚！"

解决完姨太太的事情，刁迈彭对太太建议道："大嫂应该让账房先生整理一下账目，该收的收，该放的放，有什么生意也不妨做一两桩。家业虽大但坐吃山空总不是办法。现在大哥去世了，大嫂是女流之辈，我不方便直接插手，以后你有问题就多咨询账房先生吧。”张太太急忙说：“刁大人你怎么这么说？你照顾我，就是照顾已经去世的大哥。我相信你，只要你认为好的生意，我就去投。账房管的不过是一些呆板的账目，大生意他们也不懂。”

刁迈彭见她对自己深信不疑，也就不再推辞了，表示先让账房先生把所有产业以及外部投资都列一个详细的账目出来。后来，刁迈彭介绍了两笔生意给张太太，一笔是在上海接手一家丝厂，出资三十万；另一笔是与人合作开一家小轮船公司，也投入了六万。这两笔生意，张太太都委托了刁迈彭来管理。刁迈彭说自己身为官员不方便直接参与，于是推荐了他的兄弟刁迈昆担任丝厂的总理；又推荐他的侄儿去轮船公司做副理。张太太见两笔生意都已成功，对刁迈彭感激不尽。

再说那十位年轻的姨太太，她们搬出张府后，每天不是出去游玩，就是聚在一起打牌。一天，十七姨、十二姨、十五姨相约去看戏。到了晚上，饭菜都上桌了，她们还没回来。八姨正想派人去接，却听下人说三位姨太太和跟去的人都被街上的兵拉到警察局去了，说张大人有过告示，不准女人出来看戏，违者要严惩。大家面面相觑，不知道怎么办才好。突然间，十四姨披头散发地闯进八姨家，大喊家里来了强盗！大家一听，更是吓得魂飞魄散。

恰好此时，一个衙门打杂的押着管家胡贵回来。胡贵说，若每位姨太太能支付一万洋钱作为罚款，便可获释。如果没有现金，首饰、珠宝、存款皆可抵充，总计三万即可。三位姨太太均已应允。

八姨太相信胡贵，便把所有当铺折子交给了胡贵作为抵押。原以为三位姨太太马上就能回来，谁知等到半夜，还不见人回来。三姨太、七姨太、十一姨太打算先回自己住处，但是八姨太说害怕，于是，七姨太一人回去看家，其他两人留下来。所有人这晚上都睡得不踏实。天色快亮时，忽然听到下人来通报，七姨太她们租的房子昨晚被偷了。三姨、十一姨听闻急忙赶回去。

八姨太又打发下人去警局打听消息。很快，仆人慌慌张张地赶回来，说：“局子里的人说，昨天并没有人拿钱过去。”八姨太一听，如五雷轰顶。这时，警察局来了人，问他们是否要交保释金，总共只需要二万块钱。八姨太提出可以用三位姨太太身上佩戴的首饰来抵押。局里的人却说这三人进局时，没有戴任何珠宝，说再回去问问。没过多久，人就回来了，说三位姨太太把所有首饰都交给胡贵了，还说她们恳求你先帮着凑钱。八姨太一听愣住了，最后只得把家中所有的首饰都拿出来抵押。没过多久，十二姨太、十五姨太、十七姨太总算回来了，昨天被强盗打劫和被贼偷的几位姨太太也过来询问情况。一见面，大家都忍不住抱头痛哭。她们把所有事情联系在一起，觉得一定是刁迈彭做的局。

恰好此时大菜馆里的伙计来收账，他听闻刚刚发生的事情，气愤地骂道：“这些警察就是地痞，平日总是压榨我们。有一次，他们把我们的伙计给撞了，饭菜都打翻了，还要我们伙计赔衣服，一开口就是五十块钱。刚好碰到我舅舅，结果我舅舅一去对方就㞞了，不仅不要那五十块钱了，还赔了我们碗碟钱。你知道为什么吗？因为我舅舅是教徒，地方官就管不着他了。”姨太太们听了心里会怎么想？且等下回分解。

第五十一回 覆雨翻云自相矛盾 依草附木莫测机关

张军门的姨太太们已经猜出是刁迈彭在算计她们，除了信教，她们也想不到其他能对抗刁迈彭的方法了。商量了几天，她们决定让菜馆小伙计的舅舅帮忙介绍，一起入了教。

转眼间，距离她们被偷、被抢、被罚已经过去了一个多月，那些强盗和贼人，就像人间蒸发了一样，一点儿消息都没有。她们只好找教士求助，教士问清楚情况，便给刁迈彭写了一封信。

刁迈彭这段时间继续向张太太介绍各种生意，张太太手中的现金已经所剩无几。刁迈彭又怂恿张太太将当铺抵押出去，换取现金继续用于投资。张太太也一一照做。就这样，张家二百多万的财产已经慢慢转移到刁迈彭的手里了。

一天，刁迈彭收到一封信。拆开一看，正是教士写的那封信，信中提到姨太太们已经入了教，教会会保护她们，要求地方官迅速破案。刁迈彭想了半天，便把责任推到首县身上，承诺会按照教会的要求去办。教士又等了半个月，还是没有一点儿消息，只好又写信来催。岂不知，这半个月里，刁迈彭已经把大笔银子运往了京城，还把去外洋的门路都铺好了，皇上赏他三品卿衔，派他做出使大臣。

张太太听说刁迈彭要出使外洋，赶紧派人请刁迈彭过来商量后续的安排。刁迈彭一见面，就着急地说："大嫂，你被外国人给告了。"张太太一听脸色都变了。刁迈彭继续说：那些姨太太已经人教，现在告你“吞没家财，驱逐夫妾”。张太太忙问该怎么办。刁迈彭安慰她自己会想办法，然后就告辞离开了。

接下来，刁迈彭一边忙着交接工作，一边准备进京面圣，但依然每天抽时间去张公馆坐一会儿，每次都是一副严肃的样子，告诉张太太事情很棘手。一天，刁迈彭将一个洋人朋友带到张公馆。张太太一见，认定对方是来找他打官司，立刻吓得六神无主。刁迈彭说：“现在只有一个办法了。我去告诉洋人，说家里的钱都拿去还军门的亏空了。不过口说无凭，你先叫账房写几张抵押据，你再签字，我拿给洋人看。”

张太太马上叫来账房。账房早发觉刁迈彭不太对劲，也多次提醒张太太。他听闻要写假抵押据，一声不吭，只盯着刁迈彭看。张太太看不懂，一个劲地催账房快写。账房叹了口气，拿起笔来，一口气写完了。张太太又问：“万一你走后，那个外国人又来找麻烦怎么办呢？”刁迈彭于是说：“你把假抵押据拿给我，我替你上个禀帖，给衙门预先存个案。”不久，刁迈彭把道台和县衙的批文拿给张太太看，说在道台和县里都存了案。交代完一切后，刁迈彭便辞行离开了。

隔了一阵子，张太太再也收不到生意的利息。她心里着急，亲自赶到上海，却发现到处都是刁家的产业和股份，竟没有一人知道这是张家的资本。她赶到丝厂去找刁迈昆，却被告知对方已经去北京任职了。张太太又气又急，四处告状又接连碰钉子，最后竟然生了一场大病，香消玉殒。张太太去世后，张家就只剩下三个寡妇姨太太了。虽然家里没多少钱了，但好在她们都有些私房钱，还能勉强过活。

张军门去世三周年，家里请了一班和尚来做法事。正当三位姨太太哭得伤心欲绝的时候，外面进来一个三十多岁的男人，扑通一声在供桌前跪下，放声大哭起来。哭了一阵子，男人主动说起了自己的身世。他的母亲是军门的第一个姨太太，后因外人一句玩笑话被父亲赶走。父亲当时并不知母亲已经怀孕，后面又因为有了官职，怕引人议论始终没敢认。他这些年一直在父亲结拜兄弟黄军门部下任职，目前已经升到了副将衔候补游击。因为远在千里之外，最近才得知父亲已经去世，立刻赶来悼念。

看到三位姨太太都愣在一旁，这人掏出一沓信，说是父亲生前写给他的亲笔信，自己的名字张国柱也是父亲取的。接着，他又拿出一张五千银子的银票，说用作拜祭和公用。姨太太们半信半疑，还是让他住进了家里。

张府早就衰败了，其他人即使有所怀疑，也不愿意多管闲事。后面，张国柱多次拜访芜湖道，话语间处处显出自己是个不计钱财，重情重义的人，居然博得芜湖道的好感，认定他就是张军门的儿子。后面会发生什么？且等下回分解。

第五十二回 走捷径假子统营头 靠泰山劣绅卖矿产

张国柱说话、做事非常通情达理，且为人大方，成功地把公馆里的人都笼络得服服帖帖。一天，张国柱与三位老姨太太商量，说想把父亲的灵柩送回原籍安葬。他算了算，觉得至少需要上万两银子，就赶紧打电报给四川军营。接到回信后，他却是一脸愁容。大家看他这样，急忙询问信的内容。他说自己所在的防营上个月接到命令，已经裁撤了，他本打算找军营的朋友先借七八千两银子，再加上他这边的几千两银子，把老人家风风光光地送回家，谁知道会出这样的岔子。

接下来，张国柱一有空就去拜访芜湖道，后来还拜了芜湖道为师。芜湖道知道张国柱现在缺钱，先赠送他二百两银子，又帮他筹了近二千两银子，还建议他可以暂时把公馆抵押掉，反正现在只剩三位老姨太太了，不需要住这么大的房子。张国柱心里早就乐开了花，面上却露出犹豫之色，说希望老师能出面替先君求个恩典。芜湖道立刻就应允了。张国柱感激涕零，跪下重重地磕了一个头。

张国柱回到家里，说芜湖道打算上禀帖替老人家请恤典，但是上上下下的打点费至少也要四五万两银子。三位老姨太太问："这事固然好，然而一时去哪里筹这些钱呢？"后来左说右说，三位老姨太太竟然主动提出可以抵押房子。张国柱自然应允了。第二日，他将房子抵了五万两银子。不久，张国柱拿着银子，随同三位老姨太太，送张军门夫妻两具灵柩回籍安葬。

过了两天，芜湖道因公事进省，想着正好可以替张军门请恤典，再替张国柱谋个差使。他走进官厅，里面已经坐着一个人。芜湖道先自我介绍，对方也忙说："鄙人姓尹，号子崇，以郎中在京供职，住在敝岳徐大军机宅里。"芜湖道明白，这位就是徐大军机的女婿了。

抚台先传见芜湖道。芜湖道说完公事，就把张军门身后情形以及替他求恤典的话说了一遍。这位抚台曾经和张军门有过交情，立刻便委了张国柱安徽统领的职位，同时承诺帮忙请张军门的恤典。

芜湖道退下后，立刻给张国柱打了个电报。张国柱自然非常感激。办完葬事，张国柱安顿好三位老姨太太，便赶到了安徽赴任。大家知道他是张军门的儿子，对他很是敬重，再加上他手里有了抵押房子拿到的五万两银子，办起事来也游刃有余。

再来说尹子崇。他这次来找抚台，主要是为了矿务事宜。他曾招股三十万，创办了一家采矿公司，目前账上已经没钱了。恰好，一家外国公司愿意用二百万两银子买他的公司，但是需要抚台签字，同意将全省的矿产卖给他们来开采。他见到抚台，话未出口，就被抚台几句话顶住。尹子崇知道，只要抚台稍微有点人心，就不会让主权流失，所以肯定不会同意。但他又舍不得这个机会，只好吹牛说抚台也要听他岳父的。洋人最后说："只要你岳父徐大军机肯签字也可以。"

尹子崇一心想把事情办成，得知岳父生病，就借机回到京城。他在岳父家里住了两个月，却始终不敢提这件事。眼看洋人定的期限就要到了，买矿的洋人也来了北京，他急得像热锅上的蚂蚁。

俗话说：急中生智。尹子崇虽然没什么学问，却有很多小聪明。他知道岳父同一个寺庙的和尚关系很好，便买通了和尚。老和尚亲自去徐大人的府上邀请他过来享用斋饭，徐大人欣然接受。到了约定的日子，徐大人公事办完就直接去了寺庙，尹子崇也随即赶过去。几人正聊得高兴，突然听到一阵洋琴的声音。老和尚谈及这个弹琴的人，说他是一个外国王爷，不仅弹得一手好洋琴，还会写外国诗。

徐大人觉得此人挺有意思，便主动邀请对方一起吃斋饭。饭吃到一半，翻译转告徐大人说："我们东家非常仰慕徐大人，他现在在学中国字，想请徐大人把名字写在纸上给他看。"徐大人一听很高兴，立刻就叫人拿笔砚来。外国王爷从身上摸出一大沓厚厚的洋纸来，徐大人提起笔，把自己的名字端端正正地写了下来，一连写了两张，完全没有想到自己是在合同上签名。接下来会发生什么事情？且等下回分解。

第五十三回 洋务能员但求形式 外交老手别具肺肠

尹子崇暗中把安徽全省的矿产卖给洋人，这事传开后引发了众怒，同乡们要告他，四个御史联名参他。他一看风头不对，赶紧灰溜溜地回老家。一天，管家递进来一张名片，说是县里的大人来拜访。他一听这话，心里咯噔一下，硬着头皮出去相见。走进大厅，他看见门外廊下站了一堆差役。知县一脸笑容，作揖寒暄道:“兄弟现在奉了上头的公事，不得不亲自来一趟。”说完递出一份公文。

尹子崇接过公文，正是为他卖矿的事情而来。四位御史联名参他，皇上已经下旨交给安徽巡抚查办此事。不料两江总督听说后，上奏折说此人擅自出售矿产，请求皇上将他交给刑部治罪。上头准了奏折，电谕一到，两江总督就命令藩司挑选委员前去提人。这位藩司曾受过徐大军机的栽培，就把候补知县毛维新保举了上去，让他能在路上照应尹子崇。尹子崇看到总督的公文，早就吓得呆若木鸡。

毕竟尹子崇是徐大军机的女婿，再加上毛维新受了江宁藩台的嘱托，所以尹子崇在县衙里过得还算自在。第二天，他们一行人便启程前往南京。到了南京，尹子崇被移交给江宁府，并另行委派官员押解他进京。

再来说毛维新。他在南京候补期间，一直在洋务局当差，曾下苦功夫将道光二十二年的《江宁条约》背熟了，从此到处向人夸口。有个懂行的朋友曾考了他一下，发现他的能耐也就仅限于此了。但毛维新却因此声名大噪，居然有两位道台在总督面前说此人熟悉洋务，连各国的通商条约都能背出来，是不可多得的人才。总督听了这话，便主动召见毛维新。这位江南总督姓文名明，热衷于维新，只是读书少，胸中没什么学问。毛维新第二天拜见总督时，总督问了几个问题，他东拉西扯，居然没露出马脚，就这样被委以洋务局的差使。

这位文总督脾气特别大，面对任何官阶比他低的官员，包括实职的藩台，只要稍有不满，便直言训斥，不顾及对方颜面。至于在他手下当差的人，那就更惨了，被骂被打是家常便饭，轻的只是被脚踢，重的会被马棒打。

一天，淮安府知府匆匆赶到省城来见总督大人。他上任还不到一年，就遇到了两件棘手的涉外案件，特地赶来省城向制台大人请示。总督问："到底是什么事情，这么紧急？"知府大人回答道："一件是地方上的坏人把一块地卖给了洋人，准备开什么玻璃公司。另一件是一个包讨债的洋人跑到乡下恐吓百姓，结果闹出了人命。"

总督一听两件事情都涉及洋人，大惊失色："为什么偏偏要去惹洋人？地方上的百姓如果不把地卖给洋人，那洋人的公司怎么开得起来呢？至于讨债嘛，欠债的人自己寻死。"知府大人见他这样的态度，气得说不出话，只能无奈地告辞离开。

这边总督正在吃饭，看见巡捕在廊檐底下站着，问了一声："什么事？"巡捕说："有客来拜。"话还没说完，就被总督打了一个耳光。总督大骂道："我吃饭的时候，无论谁来都不准上来回禀，你不知道吗？"巡捕忙解释说："来的是洋人。"总督一听，又给了巡捕一个耳光，骂道："洋人来了，你怎么不早说？"来访的洋人是一位领事，来访也只是为了一件小事。总督送走领事后，把巡捕、号房统通叫上来，吩咐道："如果是洋人来了，不管什么时候，哪怕是半夜我睡着了，也得把我叫醒。"

总督正想进去休息，淮安府知府又拿着公文来求见，正是为刚刚说的两件事情。知府汇报说："准备开玻璃公司的洋人，因为没有凑齐股份，已经先回国了。另一件事原本是洋人的错，地方上的百姓非常愤怒，又有两个留过洋的学生出来讲理。洋人被他们说得哑口无言，不但免了欠款，还愿意拿出几百两银子来抚恤死者家属。"总督听了吃惊地说："真是奇怪！居然有外国人给中国人赔钱。你赶紧打个电报回去，叫他们别再闹了，若惹恼了洋人，那可不得了。"淮安府知府连连点头答应。接下来会发生什么，且等下回分解。

第五十四回　慎邦交纡尊礼拜堂　重民权集议保商局

再说新任的江南总督，面对洋人，无论对方态度如何强硬，他总是笑脸相迎。一次，一位外国有名的教士去世，总督还特地派了自己的儿子和洋务局的老总胡道台携带礼品前去致哀，直至护送教士家属安全归国。总督这么干，下面的道、府官员们自然纷纷效仿，州、县官员则更是有过之而无不及。

江宁府六合县的知县梅飏仁，在会试落第后，便花钱给自己捐了知县之位。他运气不错，不到半年时间就被选拔至江南担任实缺知县。上任没有多久，遇见一个教民欠钱不还，梅飏仁亲自下令杖责。梅飏仁自觉此举做得很对，便向上司汇报。谁知新总督对此事极为不满，认为他虐待教民，严重违背了外交礼仪，对他进行了严厉的训斥，并记大过三次。经过这次教训，梅飏仁变得愈加谨慎。六合县离省城很近，总督的一举一动都很快传到梅飏仁的耳朵里。他见总督如此媚外，心里更加懊悔自己以前的所作所为。

一天，六合县发生了一起打人案件。卢大去马二店里买烧鸭子，顺手就把菜篮子放在了柜台上，结果对方立刻动手打人。梅大老爷一听气得不行，指着马二就骂："你这个混蛋！人家借你柜台放篮子怎么了？因一点儿小事就动手打人，简直是无法无天！"说着就要扔签子打马二。

马二一看情况不妙，赶紧磕头求饶，说："老爷，您先听我说完。我是在教的信徒，我们教规严格禁止食用猪肉。可卢大偏偏把装着猪肉的篮子放在我的柜台上，我怎么能不生气呢？"梅大老爷一听"在教"这两个字，心里咯噔一下，也不去想回教信众也称"在教"，只以为这马二是外国传教的教士。他最终决定罚卢大十二块洋钱，用于马二重修柜台，并限他三天内交齐。

三天后，卢大如期将钱款送至衙门，然而马二却姗姗来迟。梅大老爷询问缘由，马二解释道："我的老师父不幸离世，我前去帮忙料理后事，因此来晚了。"梅大老爷不禁好奇："你师父在教中地位如何？"马二回答说："颇为重要。"梅飏仁心中一动，想到省里上次教士去世，制台都亲自派儿子前去吊唁。自己作为地方官员，现在也应该亲自去一趟。

打定主意，梅飏仁便吩咐大厨房准备一桌丰盛的祭席，自己穿戴整齐，坐上轿子，让马二在前面引路，一直带到了清真寺门口。他走进清真寺，却没有见到任何外国人。正当他感到疑惑时，场面突然变得混乱起来。原来，梅飏仁特意准备了猪头三牲来上祭，这一举动自然触怒了在场的回教信徒。

在混乱中，幸得马二及时保护，梅飏仁才得以逃脱。他询问马二："你们这里传教的难道不止你老师父一个人？那些外国人都去哪儿了？"马二解释说："我们是清真教的信徒，没有外国人。"梅飏仁又询问左右跟班，才得知这里是回教的清真寺，并非外国人的礼拜堂。他这才恍然大悟，原来自己闹了一个乌龙。

又过了几天，上头下达了文书，强调地方官需积极推动商业发展。梅飏仁因前次打教民被制台责备，一心想要做些能让上级满意的事情。他反复研究文书，心中明了："上头让我们借助商人的力量，推动地方事务，无非是想让他们捐钱而已。"

当天，梅飏仁就在本城的城隍庙里借了三间房子，设立了一个专门接待商人的地方，在门口挂了一块大招牌，上面写着"奉宪设立保商局"。他根据上头的指示，撰写了一份告示，广邀商贾前来共商大计。经过数日的忙碌筹备，终于确定了保商局的开幕日期。他担心开幕这天来的商人不多，就提前发帖子邀请城里城外的绅士和商户。可是到了那天，前来参与的商人还是不多。大家都不知道梅飏仁葫芦里卖的什么药，因此有些人选择了观望。

客人都坐下后，一位叫蒋大化的绅士率先发言："梅大老爷，您这件事办得真好啊！"梅飏仁早就跟蒋老夫子暗中通过气，听到蒋大化的夸奖，他微微一笑，说："我想趁着在任上，把这件事办好。一来可以向上头交代，二来以后我有什么难处，也可以找大家商量。六合县就这么大个地方，既要办这个又要办那个，我一个人怎么忙得过来呢？"众人一听，便明白了他的意图——筹款。

席上有一位叫冯彝斋的孝廉公，对梅飏仁的话不以为然，说：

"如果这保商局只是您用来聚敛钱财的工具，那我是不赞成的！"坐在次座的主事公劳祖意则插话道："我有个外孙刚从东洋留学回来，他的想法跟冯先生颇为相似，看来，还是你们这些年轻人将来能成大事。"冯彝斋又说："现在还有什么事业可做呢？除了内地几省外国人还插不上手，其他地方虽然没明说，但暗地里都各自有主了。"梅飏仁忙道："我们做百姓和做官的都不用愁，就算将来外国人占了我们的地方，还是需要官员来治理百姓。"冯彝斋一听此言，气得脸色发青。欲知后事如何，且听下回分解。

第五十五回 呈履历参戎甘屈节 递衔条州判苦求情

冯彝斋听了梅飏仁的话，心里暗道："这位梅飏仁可真是没有一点儿国家观念，只想着保住自己的官位和家产，哪怕江南全省都送给外国人，他也觉得无所谓。"

此后，梅飏仁借着这个机会，联络商人，筹集了大量的款项，为地方上办了几件能让他赢得维新名声的事情。时间久了，上头对他的态度也慢慢转变，说他是个能办实事的人。

不久，梅飏仁被升为海州直隶州知州。他自然欣喜若狂，带着家眷、幕僚和家丁，直奔海州上任。海州这个地方靠近海边，近两年常有些国家不时派兵船来这一带巡逻，有时候还派人上岸，封疆大吏都拿他们没办法，更别说地方官了。

梅飏仁到任不久，他管辖的海面上突然来了三只外国兵船，一排儿停住了不走。第二天，大船上派了十几个外国士兵，坐着小船下来，买了很多食物回去，一点儿也没骚扰百姓。

梅飏仁听到这个消息，一边着急地说：“这些兵船要是想跟我们开战怎么办？”一边叫人通知军营准备应对。师爷看了又好气又好笑，说：“先派人到船上去，问问他们到底是什么意思。”梅飏仁觉得很有道理，就派州判老爷和学堂英文教习前往交涉。州判老爷一听要见外国人，心里害怕，却不敢推托，只能硬着头皮前往。

一上船，看到船头上站着的外国兵，一个个雄赳赳的，高鼻子深眼睛，州判老爷吓得腿都软了。英语教习跟对方握了手，用英语与对方交流，得知这里最大的长官是位洋提督，他们路过这里，只是想上岸打猎玩两天，并没有恶意。教习问明白了情况，跟人家道了谢，然后扶着州判老爷下了船。两人回到城里，把情况汇报给梅飏仁。梅飏仁悬着的心终于放下，他给总督发了一封电报，详细说明了事情经过，并特别提及州判老爷上船跟外国人交涉。

总督收到电报，一看来了三只兵船，心中一惊，看到后面才松了口气。他立即召来洋务局总办，拟定电报，指示梅知州尽快准备公馆，妥善招待这些外国客人。同时，总督还派出一艘兵轮前往海州，打算邀请他们到南京游玩。

知州梅飏仁接到了制台的回电，即刻让英文教习再次上船传达总督的意愿。船上的洋提督婉拒了他们的好意。这时，省里派遣的兵船也到了。船上的管带是个总兵衔参将，名叫萧长贵。他一到海州，就上岸拜会了梅飏仁，说奉总督的命令，特地到此地和梅大人一起去船上拜见那位外国来的提督。

随后，梅飏仁与萧长贵携同翻译登上兵船。萧长贵一见洋提督，便恭敬地跪在地上磕了三个头，接着对副提督、副将等人也一一磕头请安。尽管对方并未还礼，但萧长贵并不觉得尴尬，还表示自己特地前来迎接洋提督到南京游玩。洋提督再次婉拒了这一邀请。

一日深夜，萧长贵被外面的人声和洋枪、洋炮的轰鸣声惊醒。一名水手匆忙前来报信，称有强盗来袭。萧长贵惊慌失措，匆忙穿上衣物往外跑，手下兵丁误以为他要亲自迎战强盗，实则他只是想找个地方躲避。不久，水手再次前来报信，称强盗已被洋船上的人击退，还捕获了十余人。

次日清晨，洋提督将捕获的强盗交给梅知州。梅飏仁对能一举抓获众多惯犯大盗感到十分欣喜，他赶紧叫来书办，将强盗的供词整理成文书，上报给上级。总督收到梅飏仁的电报后，回复要求他详细列出这些人的罪行，并翻译成英文，交给外国兵船，征询他们的处理意见。梅飏仁迅速照办，洋提督则表示这些罪犯应按照中国法律进行惩处。

不久，洋提督一行人准备启程离开。梅飏仁通知文官们明天一同出城去送行，萧长贵则提议本营参将率队于岸滩跪送，以表敬意。梅飏仁又提及这次抓住强盗，估计很快有保举的机会。萧长贵一听马上跑过来，给梅飏仁深深鞠了一躬，请求梅飏仁在保举名单上加上他的名字，那位翻译也过来求保举，梅飏仁都爽快答应了。这时，之前上船探信的那位州判老爷也上前求保举，梅飏仁却只是淡淡地说再商量。

州判老爷见梅飏仁态度冷淡，心中焦急，突然心生一计。他悄悄和翻译商量，说不如求洋提督帮他们给制台写封保举信。翻译觉此计可行，二人当晚即前往洋船。洋提督一边听一边笑，还不时摇摇头，但还是答应了。欲知后事如何，且听下回分解。

第五十六回 制造厂假札赚优差 仕学院冒名作枪手

梅飏仁提交了一份禀帖，详细阐述了接待洋提督及成功捕获海盗的经过，并恳请上级对所有出力的官员和士兵进行嘉奖。那洋提督果真也发了一封信，感谢制台的热情款待，信末顺带提及海州的州判和翻译委托他请求保举官职。制台把禀帖和信给各司、道官员看。藩司说道："此风不可长，否则后面官员们都有样学样，借助洋人之力谋求晋升，应予以严词训斥。"制台却持不同看法，他认为这两人能通过外国人递条子，恰好证明了他们的外交才能。

不久，梅飏仁得了明保，奉旨送部引见；萧长贵被调任至其他营地担任统领，同时继续兼任兵轮管带；翻译被晋升为南京大学堂的教习，兼任洋务随员；州判则被委派到洋务局任职，又兼制造厂提调委员。州判上任后，立刻前去拜访制造厂总办傅博万。傅博万的父亲曾两度担任藩司，家境殷实，甚至在傅博万尚未满月时就已为他捐得一个道台职位。

傅博万的父亲曾经提拔过一个姓王的下属，此人目前是钦差大臣温国的头等参赞[①]。王参赞感念昔日傅藩台的提拔之恩，在温钦差面前力荐傅博万，希望钦差能带他一同出国。温钦差欣然应允，傅博万已经是道台了，这次就委了一个挂名的参赞，一同出洋。

到了国外，这天，一家知名制造厂的主人请客，请的是中国

① 参赞：驻外大使馆中的顾问、参事，掌理机要文书与调查报告等。

京城来的两位委员，同时特邀傅博万作陪。两位委员进门之后，先与外国人握手，又同傅博万见面行礼。当他们得知傅博万是钦差大人的参赞时，态度立即变得更为恭敬。这两人一个叫呼里图，是内务府员外郎，现在火器营当差；一个叫搭拉祥，是兵部主事。他们观察到，有过出洋经历的官员更容易得到好缺，于是也向上级表达了出国考察的意愿，并得到了应允。临行前，上级还建议他们做一本考察日记，将来可凭此升官发财。

傅博万听了，暗喜这趟出洋值了，将来总比别人多占面子。然而，回去后他却接到家中电报，得知母亲生病了。他本想隐瞒此事，但是消息已经传开，钦差都派人前来询问。无奈之下，他只得请假回国探母。

傅博万开始琢磨如何能为这段出洋经历留下些实证。突然，他灵机一动，想到了一个妙计。他找到温钦差，求几个委任职务的札子。钦差说：“我没有什么事情可以委你去内地办。”傅博万道：“不是内地，是外国考察的委任。不是真去，就是为了将来履历上好看些。”温钦差本来不想答应，但耐不住傅博万的再三恳求，最终还是答应了。

傅博万拿着委任札子，欣喜若狂，立刻打点行装回国。老太太看见儿子回来，心上欢喜，病情竟也日渐好转。傅博万特地找来了几本关于出国考察的书籍，如《英轺日记》《出使星轺笔记》等，闲时便与人谈论从书中看到的见闻。众人都称赞他出国后见识大增。

待母亲身体完全康复后，傅博万便前往江苏拜访江南总督。总督得知他出身名门，父亲曾任藩司，又刚从国外考察归来，便委了他几个好差使。

因为捐官制度盛行，各省候补官员多得不得了。因此，京城一位都老爷上了个奏折，恳请皇帝下令对官员进行考核，合格者留任，不合格者则须回原籍再学习。皇帝批准了这一奏请，并交由军机处向各省督抚传达执行。

很多时候，考核只是走走形式。比如同知、通判、知县这些官员，只要能在读谕旨或折奏时不错误断句，就算是过关。即便如此，仍有众多候补官员无法通过，只能无奈返乡学习。至于佐杂等低级官员，仅需当面写几行履历即可。然而，不识字者却为数不少。

湖南抚台对待此次考核最为认真，他明令无论捐班出身还是科甲出身的官员，均须参加考核，违者严惩不贷。若有疾病，可择日补考。这一消息传出后，候补官员们怨声载道，科甲人员也愤愤不平，但终究不敢违抗，只得纷纷打听考试的时间和内容。

转眼间，到了府、厅级别官员参加考核的日子。当题目牌发出后，许多人竟连题目都未能读懂，只得三五成群地聚在一起商讨。正当众人议论纷纷之际，突然传来喧哗声，原来是抓住了枪手。抚台闻讯大怒，誓要严惩不贷，以儆效尤。然而，枪手所代考之人被查出是抚台二少爷的妻舅，抚台一时之间也不好收场，只吩咐将枪手交由首府处理。欲知后事如何，且等下回分解。

第五十七回　惯逢迎片言矜秘奥　办交涉两面露殷勤

湖南抚台本想借着这次考核，好好整顿一番吏治，谁知闹来闹去，最后竟然闹到了自己亲戚头上，使他陷入两难境地。无奈之下，抚台只得私下传令首府单舟泉，嘱其妥善处理，平息风波。

首府大人单舟泉是个明白人。他回去后，先把那枪手叫来，一番教导之后，再亲自升堂审理此案。他声色俱厉，欲使枪手俯首认罪。但那枪手只顾东拉西扯，胡言乱语，在场的人都说他是个疯子。单舟泉又传召疑是请枪手的候补知府，知府自称生病未能亲至，仅遣管家前来，并附上一沓药方，声称这些医生皆可验证。首府将情况如实上报抚台。那位候补知府虽然没能参加考试是因为生病，但终究未先请假，属于玩忽职守，被记大过三次。而枪手，则被暂时收押，待其病痊愈后，由其家人领回。

抚台非常感激首府的斡旋，不久后便对他委以重任，将学务处、洋务局、营务处、院上总文案的肥差都交给他。这位单大人是正途出身，八股文作得精通，办起事来也是面面俱到。自从接了这四个差使之后，他一天到晚忙得不可开交，深得抚台信任。

过了些时候，首县上来禀报：有一个外国游历者，因一小孩笑他的着装，就用棍子击打孩子，不料竟打到致命处，小孩当场丧命。街头百姓群情激愤，将外国人擒获后送至首县。首县一听凶手是外国人，不敢擅做主张，立刻上报抚台。抚台传单道台前来商议对策。单道台说：“这个外国人打死了人，若直接惩处，我们又没有治外法权；但若置之不理，又难以平息民愤。不若先将人送到洋务局里安置，问明后通知他本国领事来，看对方如何说，再商量着办。”抚台深以为然。

这位单道台办事一向是面面俱到，他想着外国人打死了人，虽然不用抵命，但也不能轻易放过。但若由官方安罪名，恐引发外交纠纷，最好先激起当地的绅士和百姓的愤怒，让他们出头同领事硬争。领事见动了众怒，自然害怕，这时官方再出面平息风波。百姓如果相信官府会帮着他们，更容易平定风波。这样既定了凶手罪名，又安抚了民心，外国领事还会感激中国官方的妥善处理。

主意打定，他立刻去拜访几个有名望、权势的乡绅，探询他们的态度，意图寻求助力。乡绅埋怨政府太软弱，对凶手太过优待；说现在众人不服，到处发传单，约定明日共同商议此事。单道台忙说："我一定要向上级禀报，必要严惩凶手，好替百姓出这口气！"然后又说，"这个凶手无故打死人，倘若就此轻轻放过，不但百姓不服，就是抚宪和我也于心不忍。所以我非常盼望大人能联合百姓，等领事来到此地，同他竭力地争上一争。"乡绅道："官府不管，只叫我们底下人出头，能有用吗？"单道台急道："如果不管，我也不会赶来和你们商量了。"一席话，让乡绅们深感敬佩，将他视为真正为民请命的好官。

隔了几天，领事也到了。谈及此命案，单道台直言："湖南这个地方民风彪悍，如今此事惹了公愤，民众说一定要把凶手打死。兄弟听见急得了不得，马上禀了抚台，调了好几营的兵，昼夜保护，才得无事。"领事道："这个条约上有的，本应该归我们自己惩办。"单道台又说："这个自然。百姓得知贵领事要来，早已打算守候在领事馆前，请求您公正惩治凶手。"

接下来，单道台巧妙地在领事和绅士中间斡旋。面对领事，他装出一副害怕的样子，说百姓如何刁难："若非我竭力平息，他们恐早已生乱。"而在绅士面前，他又慷慨激昂地表示："我实在气愤不过！听说他要把领头闹事的名字列入清单，呈报给他们的驻京公使，加一个聚众闹事的罪名。"几个乡绅一听这话，心里早就打了退堂鼓了。最终，凶手经过两度审讯，被判处监禁五年。

绅士们为保全功名，反而劝同乡说："领事能将凶手惩处至此，已经是单大人竭尽全力的的结果了，你们切勿再生事端。"领事亦感激单大人成功平息民愤，避免事态恶化。然而，领事对湖南抚台的软弱深感不满，认为其无力遏制民乱，难当巡抚之职，遂电报驻京外国公使报告此事。欲知后事如何，且等下回分解。

第五十八回 大中丞受制顾问官 洋翰林见拒老前辈

驻京外国公使接到领事的禀帖，迅速向总理衙门[1]提交外交文书，要求撤换湖南巡抚。总理衙门内皆是多年历练的官僚，他们深知官场之道，奉行两大原则：第一是多一事不如少一事；第二是只求事情不在自己手里办砸。

面对公使的强硬要求，王爷召集张、王、李、赵四位大人商议对策。但是，他们先是闭嘴不言，接着推给他人，最后都借口有事离开了。公使见连续催促无果，干脆亲自上门拜访。王爷他们热情接待。但当公使问起此事时，王爷则说要先将湖南巡抚召到北京来询问，等查明白了再给予回复。公使道："敝国早替贵国查明白了，实在巡抚过于软弱，你们无须再去查，就请照办罢！"王爷和四位大人呆了半天，面面相觑，又齐说："那还须得商量。"公使听了，约定三天后再来。

送走了公使，他们商量了一会儿，决定先另找一个灵活变通之人暂代湖南巡抚之职。张大人说："我们调去的人，怕外国人不愿意，何不先探探公使的口气？他说哪个好，就派哪一个去。"王

① 总理衙门：指清政府为办理洋务及外交事务而特设的中央机构，全称为"总理各国事务衙门"，简称为"总署""译署"。

爷点头同意。

三天后，公使又来讨说法。王爷说："湖南巡抚准定要换人，但是一时还斟酌不出合适的人选，最好是同贵国人说得来的，以后交涉起来也方便。"公使道："现署山东巡抚的赖养仁就很好，前任黄抚台总同我们作对，自从姓赖的接了手，我们的铁路已经延长了好几百里，他还把城外一块地方借给我们做操场。"

王爷听了，与四位大人互望一眼，彼此都不说话。公使等得不耐烦，又问："怎么样？"最后还是王爷熬不过，说了声"回来就有明文"。公使心下明白，不再追问。

次日，皇上下旨，湖南、山东两省巡抚双双易人。先前的湖南巡抚被暂时闲置，因其得罪了洋人，需待风平浪静后再作安排。

再说山东新任巡抚窦世豪，其仕途颇为传奇。当年，他在省里候补，空闲着没有事。刚好本省巡抚的老太爷爱下象棋，就有人推荐了他。他同老太爷下了十盘，和了十盘。老太爷明白窦世豪是个高手，但他生性好胜，不赢一盘不肯歇手。窦世豪摸着老太爷的脾气，故意让老太爷赢了一盘。老太爷很喜欢他，先叫儿子给了他几个不错的差事，后来又找机会把他保举上去。就这样，窦世豪从佐贰起家，一直做到封疆大吏，前后不到十年工夫。

窦世豪升至巡抚后，凡是来找他的外国人，他都会请见和回拜，以至于后面一天到晚都忙于应付外国人事务，无暇顾及地方政务。有人建议他找个人帮他处理洋人事务。窦世豪无奈道："除非能找到一个人，懂得外国人的脾气，能把涉外事务处理妥当，不用我操心，也不会惹外国人生气。"这话传到外国人的耳朵里，他们便纷纷来荐人。

窦世豪心想："这个法子倒不错。用外国人去对付外国人，最为省心。"于是寻到一人，此人在外国大学里学习政治、法律。他们签订了一年合同，每月薪水六百两银子。那洋人姓喀，大家都称他喀先生。结果，真有事请教他时，喀先生总说国外的法律条例和中国完全不一样，帮不上任何忙。窦巡抚深感懊悔，刚好他的亲家沈中堂写信提醒他，说京城有人非议他请洋人做师爷，大权旁落，有失国体。窦巡抚于是赔掉一年的薪水，将喀先生打发走了。

再说窦巡抚的亲家沈中堂。他身居礼部尚书、协办大学士要职，却是个守旧之人，对朝廷维新之举颇有微词。

一天，皇上下旨于保和殿举行考试，选拔出国留学毕业生中的佼佼者。成绩特别优异者可以破格录取进翰林院，其次则按情况委任为主事、知县，京官、外官。沈中堂是掌院学士，那几个赏翰林的留洋学生，照例要来叩见他。不料这位老中堂早就集齐了科举进仕的门生，想和他们商量一个抵制的法子。

其中一位七十三岁高龄的阁学公甄守球提议："等他们来时，我们一概不理不睬，他们自然知难而退，不愿待在翰林院了。"众人一听，纷纷称妙。欲知后事如何，且等下回分解。

第五十九回　附来裙带能谄能骄　掌到银钱作威作福

沈中堂的门生们一致决定，对于这次破格召录的新翰林，一律拒绝他们的拜访。他们齐心协力，让这批新翰林在京城四处碰壁。后来，真有几个人选择另谋出路，离开了京城。

一天，甄阁学在家里备了三桌酒席，邀请同年、同门的好友，共同把酒言欢，赏菊品秋。沈中堂听闻此事后，心生雅趣，也欣然前往。甄阁学见老师到来，自然欢喜无比，连忙解释之前没有邀请老师，实在是因家中空间有限，害怕怠慢了老师。

酒过三巡，甄阁学拿出两张字幅，递给沈中堂。他告诉老师，这是自己两个儿子甄学忠和甄学孝所作的诗篇，希望老师能给予点评。沈中堂接过字幅，首先被两个孩子的名字所吸引："好名字！'忠孝'二字，足以见家风之淳厚。"接着，他细细品读了两首诗，不禁连声称赞。

甄阁学见老师如此满意，便让两个儿子出来拜见。甄学忠年约四十有余，甄学孝则是二十出头。沈中堂见甄学忠身着四品官服，便询问他现任何职。甄阁学抢着回答道："他原是个小京官，如今已调任山东直隶州。"沈中堂听后，当即表示："山东巡抚也是我的门生，我可为你写封推荐信。"甄阁学心中感激，连忙道谢。

甄学忠携带着沈中堂的信件和家眷，前往山东赴任。甄阁学不放心儿子独自一人在外做官，特地让甄学忠的舅太爷一同前往，以便有个照应。舅太爷兢兢业业，对外甥的仕途格外关心。

不久后，甄学忠一行抵达了山东济南府城。山东巡抚收到沈中堂的私信后，对甄学忠格外关照。然而，为避嫌，他并未直接给甄学忠委派差事，而是将此事拜托给河道上游的总办张道台。张道台接到抚台的指示后，上禀帖请求让甄学忠参与工程处的差遣。

甄学忠接到任务后，迅速赶到工程处报到。张道台对他十分客气，将采购材料的差事交给了他，并为他推荐了两位经验丰富的助手——萧心闲和潘士斐。舅太爷得知外甥有了差事，也赶到工程处帮着监察。有他在场，大家都安分守己，不敢有任何小动作，但心中却暗暗咒骂他挡了财路。

甄学忠的堂舅子黄二麻子得知妹丈得了个美差，便急忙赶来，想从中捞取些好处。到了省城，他换上新衣，前往甄家拜访。门人通报后，太太出来见他，刚想行个万福礼，黄二麻子已经跪下磕头请安，态度异常恭敬。他向太太表达了想在工程上谋个职位的意愿，太太则推辞说这些事情都是丈夫在作主，但答应让他在府上暂住几日。黄二麻子听后满心欢喜。

自此以后，黄二麻子便时常到上房找妹妹聊天，讨得妹妹的欢心。甄学忠一日回家，听太太提起此事，见黄二麻子为人还算规矩，便答应带他到工程处。黄二麻子到了后，平时对妹夫及舅太爷敬而远之，但与萧心闲和潘士斐两人却十分投机。萧潘二人知道黄二麻子是东家的亲戚，便借他作为内线传递信息。渐渐地，黄二麻子的架子越来越大，大家都来巴结他。

舅太爷突然生病卧床不起。以往甄学忠有事都交给舅太爷处理，如今他老人家一病不起，甄学忠只得自己处理，觉得特别麻烦。黄二麻子晓得机会到了，更是在妹夫跟前献殷勤。甄学忠觉得这人可靠，渐渐将一些事情交给他办。每日黄二麻子忙完公事后，还会赶去为舅太爷熬汤煎药，尽心照料。然而，舅太爷的病情却日益加重。

舅太爷自知时日不多，便拉着甄学忠的手嘱咐道：“人心难测，即使是至亲之人，也不能完全信赖。我死后，你一定要亲自掌管银钱大事，切勿轻信他人。黄某人呢，人是很能干的……”说到这里，舅太爷突然一口气没接上来便撒手人寰了。舅太爷本想说不相信黄二麻子，但话未说完便离世了。

甄学忠听了舅太爷的遗言，误以为他是想推荐黄二麻子来接替自己的位置，于是便将大权交给了黄二麻子。黄二麻子接手后，下面的人渐渐都知道了这位堂舅爷是个贪财之人。凡是来求他办事的人，无一不送上厚礼。等到甄学忠的差事交卸下来，黄二麻子的腰包也满了。要知后事如何，且等下回分解。

第六十回 苦辣甜酸遍尝滋味 嬉笑怒骂皆为文章

黄二麻子在他妹夫的工地上赚了不少钱，觉得天底下最赚钱的行当莫过于做官，便捐了个县丞的职位，被派到山东任职。到了省城之后，黄二麻子每日都会去藩台衙门和首府衙门报到。

一日，黄二麻子听说藩台大人没有上院，出于好奇，他向熟悉的门卫打听情况。门卫透露，前两天皇上发了上谕，说再过两个月就不能捐官了。藩台大人给太太养的大少爷捐了一个道台的职位。大姨太太知道了，硬缠着大人给自己七岁的儿子也捐个道台。二姨太太和三姨太太见了眼热，她们一个刚五个月的身孕，一个连身孕都没有，但都吵着要道台替自己未来的儿子捐官。大人这几日被几位姨太太闹得心烦，实在撑不住就请了假。

第二天，黄二麻子又去了藩台衙门。一进门，门卫就告诉他，藩台大人今天还是不见客，不过这次是为公事。抚台大人给每个局里都派了个道台当坐办，表面上说是帮藩台大人的忙，但实际上这些坐办的权力跟总办一样大。大人心里不舒服了，所以今天还是不见客。

黄二麻子听完，心里不是滋味，想着："这藩台大人，除了抚台，谁还敢不巴结他？可现在看起来，他辛苦一辈子，挣的钱都花在儿孙身上了，还得受同僚排挤，姨太太们也不省心。这官啊，当着也挺没意思的！”

再说说甄学忠，他靠着沈中堂的面子，又在山东河工上做出成绩，被保举为道台，两年后又被委任为署理济东泰武临道。此时，甄阁学年纪已高，精力逐渐不支，便写信给大儿子，表达了告病的意愿。甄学忠接到了老太爷的信，马上回信劝老人家告病或是请病假，到山东来休养。甄阁学回信应允。

甄学忠接到信后，派堂舅爷黄二麻子上京迎接甄阁学。此时黄二麻子在省城里，通过妹夫的关系，弄到两三个差事。接到任务，他立即动身前往京城。到了京城，黄二麻子询问甄阁学何时启程。甄阁学道：“病假已获批准，可以马上动身。只是前不久收到侄儿的来信，说我胞兄现在病得厉害，所以我们不妨先去保定探望我胞兄吧。”

甄阁学在京城的朋友得知他要出京，纷纷前来送礼饯行。甄阁学怕应酬，一概辞谢。他把行李收拾停当，雇好了车，前往保定。走了几天，终于到达。甄阁学和其他人见完礼，急着进屋看望哥哥。他哥哥睡在床上，脸上没有一点儿血色，看见甄阁学，面露惊喜之色，竭力从被窝里挣出一只手来，拉住兄弟的衣裳，却因用力过猛，昏了过去。儿子急得喊爸爸，喊了几声，亦不见醒。甄阁学知道哥哥的病情实在不容乐观，止不住淌下泪来。

忽然间，病人醒了，挣扎着爬了起来，嘴里还自言自语地说着：“吓死我了！”他声音中气十足，与平时大不相同，脸上也有了些血色。

甄阁学见状，心中诧异，忙问怎么了。甄大哥回道：“我刚才做了一个梦，梦见自己走到了一座深山里面。山上豺狼虎豹样样都有，见了人就恨不得一口吞下去。幸好我躲在树林里，没被那些恶兽看见，才得以无事……我不想和这一群畜生在一块，想跑出树林。无奈满山遍野都是这群畜生的世界，怎么都逃不出去。正在这个时候，忽然听到一声吼叫，恍恍惚惚的，我一睁眼忽然又换了一个世界，先前那群畜生一个都不见了。”

他歇了口气，又继续说道：“这个世界到处马来车往，络绎不绝。不知不觉，我走到一所极高大的洋房，里面有人。我问：‘你们在这里做什么？’那人道：‘我们在这里校对一部书。’我问他是什么书，那人说：‘上帝可怜中国贫弱到这步田地，一心要想救救中国。然而中国四万万多人，一时哪能够统统救得？因此便想到：中国一向是专制政体，普天下的百姓都是怕官的，只要官怎样，百姓就怎样，所谓上行下效。中国的官大大小小，他们的坏处很像是一个先生教出来的，因此就悟出一个新方法：模仿学堂里先生教学生的法子，编几本教科书教导他们。如果任职的都是好官，二十年之后，天下还愁不太平吗？’

“这时，里面忽然大喊‘着火了’，随后又看见许多人抱了些烧残不全的书出来。围在一张公案上面查点烧残的书籍，查了半天，说那部书只剩得上半部。原来这部教科书，前半部是指摘他们做官的丑态，好叫他们读了知过能改；后半部方是教导他们做官的法子。如今这后半部被烧了，只剩下前半部。光有这前半部，不像本教科书，倒像个《封神榜》《西游记》，妖魔鬼怪，一齐都有。一人说：‘还是把这半部印出来，虽不能引之为善，却可以戒其为非。’众人踌躇了半天，也没有别的法子可想，只得依了他的话，彼此一哄而散。他们都散了，我的梦也醒了。说也奇怪，一场大病，也好像没有了。”

当下甄阁学见他哥哥的病势已经减轻，心中不觉安慰了许多。至此，《官场现形记》的前半部也就结束了。